Tucholsky  Wagner  Zola  Scott  Sydow  Freud  Schlegel
Turgenev  Wallace  Fonatne
Twain  Walther von der Vogelweide  Fouqué  Friedrich II. von Preußen
Weber  Freiligrath  Frey
Fechner  Fichte  Weiße Rose  von Fallersleben  Kant  Ernst  Richthofen  Frommel
Engels  Fielding  Eichendorff  Tacitus  Dumas
Fehrs  Faber  Flaubert  Eliasberg  Ebner Eschenbach
Maximilian I. von Habsburg  Fock  Eliot  Zweig
Feuerbach  Ewald  Vergil
Goethe  Elisabeth von Österreich  London
Mendelssohn  Balzac  Shakespeare  Dostojewski  Ganghofer
Trackl  Lichtenberg  Rathenau  Doyle  Gjellerup
Stevenson  Hambruch
Mommsen  Tolstoi  Lenz  Hanrieder  Droste-Hülshoff
Thoma  von Arnim  Hägele  Humboldt
Dach  Verne  Hauff
Karrillon  Reuter  Rousseau  Hagen  Hauptmann  Gautier
Garschin  Defoe  Baudelaire
Damaschke  Descartes  Hebbel
Wolfram von Eschenbach  Schopenhauer  Hegel  Kussmaul  Herder
Darwin  Dickens  Rilke  George
Bronner  Melville  Grimm  Jerome  Bebel  Proust
Campe  Horváth  Aristoteles
Bismarck  Vigny  Barlach  Voltaire  Federer  Herodot
Gengenbach  Heine
Storm  Casanova  Tersteegen  Gilm  Grillparzer  Georgy
Chamberlain  Lessing  Langbein  Gryphius
Brentano  Lafontaine
Strachwitz  Claudius  Schiller  Schilling  Kralik  Iffland  Sokrates
Katharina II. von Rußland  Bellamy  Raabe  Gibbon  Tschechow
Gerstäcker
Löns  Hesse  Hoffmann  Gogol  Wilde  Gleim  Vulpius
Luther  Heym  Hofmannsthal  Klee  Hölty  Morgenstern  Goedicke
Roth  Heyse  Klopstock  Puschkin  Homer  Kleist  Mörike  Musil
Luxemburg  La Roche  Horaz
Machiavelli  Kraft  Kraus
Navarra  Aurel  Musset  Kierkegaard  Moltke
Nestroy  Marie de France  Lamprecht  Kind  Kirchhoff  Hugo
Laotse  Ipsen  Liebknecht
Nietzsche  Nansen  Ringelnatz
von Ossietzky  Marx  Lassalle  Gorki  Klett  Leibniz
May  vom Stein  Lawrence  Irving
Petalozzi  Knigge
Platon  Pückler  Michelangelo  Kock  Kafka
Sachs  Poe  Liebermann  Korolenko
de Sade  Praetorius  Mistral  Zetkin

# Des Seefahrers Nettelbeck Lebensgeschichte

Joachim Nettelbeck

# Impressum

Autor: Joachim Nettelbeck
Umschlagkonzept: toepferschumann, Berlin

Verlag: tredition GmbH, Hamburg
ISBN: 978-3-8424-9232-5
Printed in Germany

## Joachim Nettelbeck

# Des Seefahrers *Joachim Nettelbeck* höchst erstaunliche Lebensgeschichte

### von ihm selbst erzählt

Am 20. September 1738 ward ich zu Kolberg geboren und bekam den Taufnamen Joachim. Sobald ich habe lallen können, stand mein Sinn darauf, ein Schiffer zu werden. Aus jedem Holzspan, aus jedem Stückchen Baumrinde, das mir in die Hand fiel, schnitzte ich kleine Schiffchen, rüstete sie mit Segeln von Federn oder Papier aus und ließ sie in Rinnsteinen, auf Teichen oder gar auf der Persante schwimmen.

Meines Vaters Bruder war Schiffer. Meine größte Freude hatte ich, wenn er mit seinem Schiffe hier im Hafen lag. Dann hatte ich zu Hause keine Ruhe, man mußte mich zur Münde lassen. O, welch ein vergnügtes Leben, wenn ich auf dem Schiffe war und bei den arbeitenden Schiffsleuten herumspringen durfte!

Als ich so etwa fünf oder sechs Jahre alt war, gab es hier bei uns und im Lande weit umher eine so schrecklich knappe und teure Zeit, daß viele Menschen vor Hunger starben. Der Scheffel Roggen galt den damals beinahe für unerschwinglich gehaltenen Preis von einem Taler acht Groschen. Von landeinwärts her kamen viele arme Leute nach Kolberg, die ihre kleinen hungrigen Würmer auf Schiebkarren mit sich brachten und Korn von hier holen wollten. Man erwartete nämlich in unserem Hafen Getreideschiffe, die der grausamen Not steuern sollten. Alle Straßen bei uns lagen voll von diesen unglücklichen, ausgehungerten Menschen. Meine Großmutter ließ täglich mehrere Körbe voll Grünkohl in unserem Garten pflücken und kochte einen Kessel voll nach dem anderen für unsere verschmachtenden Gäste. Mir ward das gern übernommene Ehrenamt zuteil, ihnen diese Speise in kleinen Schüsselchen zuzutragen.

Da rissen mir denn Alte und Junge die Näpfe begierig aus der Hand oder auch wohl untereinander selbst vom Munde weg. Ich kann nicht aussprechen, welch einen furchtbaren Eindruck diese Szenen auf meine kindliche Seele machten.

Endlich langte ein Schiff mit Roggen auf der Reede an, dem sich tausend sehnsüchtige Augen und Herzen entgegenrichteten. Aber, o Jammer! Beim Einlaufen in den Hafen stieß es gegen ein Steinwehr des Hafendammes und nahm so beträchtlichen Schaden, daß es nur hundert Schritte weiter, der Münder Vogtei gegenüber, auf Grund sank. Sollte die kostbare Ladung nicht ganz verloren sein, so mußten schleunigst Anstalten getroffen werden, das verunglückte Fahrzeug wieder über Wasser zu bringen. Dazu wurden denn zwei Schiffe benutzt, die gerade im Hafen lagen und wovon das eine von meines Vaters Bruder geführt wurde. So konnte ich denn auch dieses Emporwinden aus nächster Nähe besehen. Mitunter ward ich auch wohl als unnütz und hinderlich beiseite geschoben. Um so besser habe ich all diese einzelnen Umstände im Gedächtnis behalten.

Ging nun auch das Wiederflottmachen des Schiffes glücklich vonstatten, so war doch das Korn durchnäßt und zum Vermahlen unbrauchbar. Die Hoffnung all der darauf vertrösteten Menschen war vereitelt. Die Kolberger Bürger kauften den beschädigten Roggen um ein Viertel des geltenden Marktpreises; und da mein Vater damals königlicher Kornmesser im Orte war, so ging auf diese Weise die ganze geborgene Ladung durch seine Hände. Jeder suchte mit seinem Kauf so gut als möglich zurecht zu kommen und ihn aufs schnellste zu trocknen. Alle Straßen waren daher mit Laken und Schürzen bedeckt, auf welchen das Getreide der Luft und der Sonne ausgesetzt wurde. Kurze Zeit darauf erschien ein zweites großes Kornschiff, und nun ward es endlich möglich, die fremde Armut zu befriedigen.

Im nächstfolgenden Jahre erhielt Kolberg durch des großen Friedrichs vorsorgende Güte ein Geschenk, das damals hierzulande noch völlig unbekannt war. Ein großer Frachtwagen voll Kartoffeln nämlich langte auf dem Markte an. Durch Trommelschlag erging in der Stadt und in den Vorstädten die Bekanntmachung, daß sich jeder Gartenbesitzer zu einer bestimmten Stunde vor dem Rathause einfinden sollte, da des Königs Majestät ihm eine besondere Wohltat zugedacht habe. Man ermißt leicht, wie alles in eine stürmische Bewegung geriet, und das um so mehr, je weniger man wußte, was es mit diesem Geschenk zu bedeuten habe.

Die Herren vom Rat zeigten nunmehr der versammelten Menge die neue Frucht vor, die hier noch nie ein menschliches Auge erblickt hatte. Dabei ward eine umständliche Anweisung verlesen, wie diese Kartoffeln gepflanzt und bewirtschaftet werden sollten. Besser wäre es freilich gewesen, wenn man eine solche Instruktion geschrieben oder gedruckt gleich mit verteilt hätte, denn in dem Getümmel achteten die wenigsten auf jene Vorlesung. Dagegen nahmen die guten Leute die hochgepriesenen Knollen verwundert in die Hände, rochen, schmeckten und leckten daran. Kopfschüttelnd bot sie ein Nachbar dem andern. Man brach sie auseinander und warf sie den anwesenden Hunden vor, die daran schnupperten und sie dann liegen ließen. Nun war ihnen das Urteil gesprochen. »Die Dinger«, hieß es, »riechen nicht und schmecken nicht, nicht einmal die Hunde mögen sie fressen. Was wäre uns damit geholfen?« – Ganz allgemein glaubte man, daß sie zu Bäumen heranwachsen, von welchen man zu seiner Zeit ähnliche Früchte herabschüttle. Alles dies ward auf dem Markte, dicht vor meiner Eltern Tür, verhandelt; es gab auch mir genug zu denken und zu verwundern und hat sich darum auch bis aufs Jota in meinem Gedächtnis erhalten.

Inzwischen ward des Königs Wille vollzogen und seine Segensgabe unter die anwesenden Garteneigentümer nach Verhältnis ihrer Besitzungen ausgeteilt, jedoch so, daß auch die Geringeren nicht unter einigen Metzen ausgingen. Kaum jemand hatte die erteilte Anweisung zu ihrem Anbau recht begriffen. Wer sie also nicht geradezu enttäuscht auf den Kehrichthaufen warf, ging doch bei der Auspflanzung so verkehrt als möglich zu Werke. Einige steckten sie hie und da einzeln in die Erde, ohne sich weiter um sie zu kümmern; andere – und darunter war auch meine liebe Großmutter – glaubten das Ding noch klüger anzugreifen, wenn sie diese Kartoffeln beisammen auf einen Haufen schütteten und mit etwas Erde bedeckten. Da wuchsen sie nun zu einem dichten Filz ineinander. Noch oft sehe ich in meinem Garten nachdenklich die Stelle an, wo die gute Frau solchergestalt hierin ihr erstes Lehrgeld gab.

Nun mochten aber wohl die Herren vom Rat gar bald in Erfahrung gebracht haben, daß es unter den Empfängern viele lose Verächter gegeben, die ihren Schatz nicht einmal der Erde anvertraut hatten. Darum ward in den Sommermonaten durch den Ratsdiener und Feldwächter eine allgemeine strenge Kartoffelbesichtigung veranstaltet und den Widerspenstigen eine kleine Geldbuße auferlegt. Das gab wiederum ein großes Geschrei und diente nicht gerade dazu, der neuen Frucht unter den Bestraften Freunde zu gewinnen.

Das Jahr nachher erneuerte der König seine wohltätige Spende durch eine ähnliche Ladung. Allein diesmal verfuhr man dabei höheren Orts zweckmäßiger. Es wurde zugleich ein Reiter mitgeschickt, der als geborener Schwabe des Kartoffelbaus kundig war. Er war den Leuten bei der Auspflanzung behilflich und besorgte ihre weitere Pflege. So kam also diese neue Frucht zuerst ins Land und hat durch immer vermehrten Anbau seitdem kräftig dazu beigetragen, daß nie wieder eine Hungersnot so allgemein und drückend bei uns hat um sich greifen können. Dennoch erinnere ich mich gar wohl, daß ich erst volle vierzig Jahre später, also 1785 etwa, bei Stargard zu meiner Verwunderung die ersten Kartoffeln im freien Felde ausgesetzt gefunden habe.

Ich mochte etwa in meinem achten Lebensjahre sein, als Pate Lorenz Runge mir neben anderen Weihnachtsgeschenken auch eine Anweisung zur Steuermannskunst in holländischer Sprache verehrte. Dieses Buch regte meine Phantasie so sehr an, daß ich Tag und Nacht darin studierte, bis mein Vater ein Einsehen hatte und für mich bei einem hiesigen Schiffer namens Neymann zwei Unterrichtstage wöchentlich in jener edlen Kunst ausmachte. Dagegen blieben die anderen vier Tage noch zum Schreiben und Rechnen bei meinem Lehrer Schütz bestimmt. Ein Jahr später aber ward die Steuermannskunst die Hauptsache und alles andere in die Neben- und Privatstunden verwiesen.

Mein Eifer für diese Sache ging so weit, daß ich im Winter, wenn des Nachts klarer Himmel war, oftmals bei strenger Kälte heimlich auf den Wall und die »Hohe Katze« ging und mit meinen Instrumenten die Entfernung der mir bekannten Sterne vom Horizont oder Zenit maß, um danach die Polhöhe zu berechnen. Meine Eltern glaubten natürlich, daß ich im warmen Bette steckte. Wenn ich dann des Morgens verfroren nach Hause kam, wunderte sich alles über mich und erklärte mich für einen überstudierten Narren. Schlimmer aber war es, daß man mich nun des Abends sorgfältiger bewachte und mich nicht aus dem Hause ließ. Dennoch suchte und fand ich oftmals Gelegenheit, bei Nacht wieder auf meine Sternwarte zu kommen, was mir aber manche schwere Ohrfeige von meinem Vater einbrachte.

Gleicher Lohn ward mir auch sonst noch für ähnlichen Eifer. Zu oft hatte ich gehört, daß ein Seemann vor allen Dingen gut klettern lernen müsse, um die Masten bei Tag und bei Nacht besteigen zu können. Ich war also sehr begierig, mich darin beizeiten zu üben. Hierzu fand ich eine erwünschte Gelegenheit durch die nähere Bekanntschaft mit dem Sohn des damaligen Glöckners. Er war in meinen Jahren und wollte auch Schiffer werden. Mit David kletterte ich außerhalb der Schulzeit in das Sparrenwerk und die Balkenverbindungen der großen Kirche bis hoch unter das kupferne Dach hinauf. Hier stiegen und krochen wir überall herum. Oftmals verirrten wir uns in der gewaltigen Verzimmerung dieses großen Gebäudes so sehr, daß einer vom anderen nichts wußte. Kamen wir dann wieder zusammen, so konnten wir uns nicht genug erzählen, wo wir gewesen waren und was wir gesehen hatten. Bis in die Spitze des Turmes krochen wir in dem inwendigen Holzverbande hinauf – so hoch, bis wir uns in dem engen Raume nicht weiter rühren konnten.

Bald aber wagten wir mehr. Es genügte uns nicht, bloß innerhalb der Kirche von Balken zu Balken zu schwingen. So kletterten wir denn auf das kupferne Dach. Wir stiegen durch die Glockenluken auf das Gerüst und von dort auf den First des kupfernen Kirchdaches. Im Reitsitz rutschten wir längshin vom Turm bis an den Giebel und auf gleiche Weise wieder zurück. Hundert und noch mehr Zuschauer gafften drunten zu unserer großen Freude nach uns beiden jungen Waghälsen in die Höhe. Auch mein Vater hatte sich das Kunststück mit angesehen. So konnte es nicht fehlen, daß mich bei meiner Heimkunft für diese Heldentat eine derbe Tracht Schläge erwartete.

Endlich, als ich etwa elf Jahre alt sein mochte, sollte es zu meiner unsäglichen Freude Ernst mit meinem künftigen Berufe werden. Meines Vaters Bruder nahm mich auf sein Schiff »Susanna« als Kajütenwächter.

Meine erste Ausfahrt ging nach Amsterdam. Hier sah ich nun eine Menge großer Schiffe vor Anker liegen, die nach Ost- und Westindien gehen sollten. Täglich ward auf diesen Schiffen mit Trommeln, Pauken und Trompeten musiziert oder mit Kanonen geschossen. Das machte mir allmählich das Herz groß. Ich dachte: Wer doch auch auf so einem Schiffe fahren könnte! Und das ging mir um so mehr im Kopfe herum, als damals all unsere Schiffsleute den Glauben hatten: Wer nicht von Holland aus auf dergleichen Schiffen gefahren wäre, könne auch für keinen rechtschaffenen Seemann gelten. Gerade das aber machte ja mein ganzes Sinnen und Denken aus!

Wovon mir das Herz voll war, ging mir auch alle Augenblicke der Mund über. Ich gestand meinem Oheim, wie gern ich die Reise an Bord eines solchen ansehnlichen Ostindienfahrers mitmachen würde. Er gab mir immer die einzige darauf passende Antwort: Daß ich nicht ganz klug im Kopfe sein müßte. Endlich aber ward dieser Hang in mir zu mächtig, als daß ich ihm länger widerstehen konnte.

Eines Nachts, zwei Tage vor unserer Abreise, schlüpfte ich heimlich in unsere Jolle. Ganz wie ich ging und stand und ohne etwas von meinen Kleidungsstücken mit mir zu nehmen. Man sollte nämlich nicht glauben, daß ich desertiert, sondern daß ich ertrunken sei. So wollte ich verhindern, daß mir auf den anderen Schiffen nachgespürt würde. Unter diesen hatte ich mir eins aufs Korn genommen, von welchem ich wußte, daß es am nächsten Morgen nach Ostindien unter Segel gehen sollte. Es fuhr auch am nächsten Morgen ab. Aber nicht nach Ostindien. Es war zum Sklavenhandel an der Küste von Guinea bestimmt.

Still und vorsichtig kam ich mit meiner Jolle an der Seite dieses Schiffes an. Niemand bemerkte mich. Ich stieg auch ungesehen an Bord, nachdem ich mein kleines Fahrzeug mit dem Fuß zurückgestoßen und es treibend seinem Schicksal überlassen hatte. Bald aber versammelte sich die ganze Schiffsbesatzung verwundert um mich.

Wie ich später erfuhr, waren es vierundachtzig Mann. Jeder wollte wissen, woher ich käme? Wer ich wäre? Und was ich wollte? Statt aller Antwort – was hätte ich auch sagen können? – fing ich erbärmlich zu weinen an.

Der Kapitän war in der Nacht nicht an Bord. Man brachte mich also zu den Steuerleuten, welche das Kreuzverhör mit mir erneuerten. Auch hier hatte ich nichts als Tränen und Schluchzen zur Antwort. »Aha, Bursche!« legte sich endlich einer aufs Raten. »Ich merke schon! Du bist von einem Schiff weggelaufen und denkst, wir sollen dich mitnehmen!« – Das war mir aus dem Herzen gesprochen. Ich stammelte also ein Ja, konnte mich aber nicht entschließen, noch mehr zu beichten. Mittlerweile hatte man etwas Mitleid mit mir bekommen. Man gab mir ein Glas Wein, ein Butterbrot und Käse. Später wies man mir eine Schlafstelle an und sagte mir, daß morgen früh der Kapitän an Bord kommen werde. Vielleicht nehme er mich mit. So lag ich nun die ganze Nacht schlaflos und überdachte, was ich sagen und verschweigen sollte.

Am anderen Morgen bei Tagesanbruch fand sich der Lotse ein. Der Anker ward aufgewunden, und man machte sich segelfertig. Ich half dabei, so gut ich konnte. Endlich kam auch der Kapitän. Ich ward ihm vorgeführt, und auch seine erste Frage war natürlich: Was ich auf seinem Schiffe wollte? Ich fühlte mich nun schon ein wenig sicherer und gab ihm über mein Wie und Woher ziemlich ehrlichen Bescheid. Etwas log ich allerdings dazu. Und diese Lüge hat mir nachmals oft bitter leid getan, denn mein Oheim war gegen mich die Güte selbst und so, als wäre ich sein eigen Kind. – Ich sagte, mein Oheim habe mich auf der Reise häufig ohne Grund geschlagen, und das sei auch gestern wieder geschehen. Darum wäre ich heimlich weggegangen. Ich bat flehentlich, der Kapitän möge mich annehmen. Ich würde mich gut aufführen.

Da ich nun einmal so weit gegangen war, durfte ich auch die richtige Antwort auf die weitere Frage nach meines Oheims Namen und Schiff nicht schuldig bleiben. »Gut!«, sagte der Kapitän. »Ich werde mit dem Manne darüber sprechen.« Das war nun gar nicht nach meinem Sinn. Ich fing von neuem an zu weinen und schrie, ich würde über Bord springen und mich ersäufen, und trieb es so arg, daß nach und nach das Mitleid bei meinem Richter zu überwiegen schien. Er ging mit seinen Steuerleuten in die Kajüte, um die Sache zu besprechen. Ich lag von Furcht und Hoffnung hin und her geworfen wie auf der Folter. Die Schande, vielleicht zu meinem Oheim zurückgebracht zu werden, schien mir unerträglich.

Endlich rief man mich in die Kajüte. »Ich habe mirs überlegt«, fing der Kapitän an, »du magst bleiben. Du sollst Steuermannsjunge sein und monatlich sechs Gulden Gage haben; auch will ich für deine Kleidungsstücke sorgen. Doch sobald wir mit dem Schiffe nach Texel kommen, schreibst du an deines Vaters Bruder und erklärst ihm den ganzen Zusammenhang. Den Brief will ich selbst lesen und auch für eine sichere Bestellung sorgen.«

Man kann sich denken, wie freudig ich einschlug und was für ein Stein mir vom Herzen fiel!

Jetzt gingen wir auch unter Segel. Als ich meines Oheims Schiff in der Ferne liegen sah, tat es mir doch sehr leid, es so töricht getrieben zu haben. Gleichzeitig aber war mir klar, daß ich nicht mehr zurück konnte. Ich nahm mich also zusammen, und als wir in Texel ankamen, schrieb ich meinen Abschiedsbrief. Der Kapitän billigte ihn, und unser Steuermann sollte ihn zum Postboot besorgen.

Wie ich später erfuhr, ist dieser Brief jedoch nicht an meinen Oheim gelangt. Entweder war er schon von Amsterdam abgefahren, oder der Brief ist unterwegs verloren gegangen. Mein Tod schien also gewiß; man glaubte, ich sei in der Nacht aus der Jolle gefallen, die man am nächsten Morgen zwischen anderen Schiffen treibend gefunden hatte.

Nachdem wir in Texel Wasser, Proviant und alles, was der Sklavenhandel erfordert, an Bord genommen hatten, gingen wir in See. Mein Kapitän hieß Gruben und das Schiff »Afrika«. Alle von der Besatzung waren mir gut und geneigt. Ich selbst war vergnügt und spürte weiter kein Heimweh. Wir hatten zwei Neger von der Küste von Guinea als Matrosen an Bord. Diese gab mir mein Steuermann zu Lehrern der dortigen Landessprache. Ich darf wohl sagen, daß sie in mir einen gelehrigen Schüler fanden. Meine Lust, verbunden mit der Leichtigkeit, womit man sich im jugendlichen Alter fremde Sprachtöne einprägt, brachten mich binnen kurzem zu der Fertigkeit, daß ich nachher an der Küste meinem Steuermann als Dolmetscher dienen konnte. Und das war es eben, was er gewollt hatte.

Unsere Fahrt verlief glücklich und ohne besondere Zwischenfälle. In der sechsten Woche erblickten wir St. Antonio, eine von den Inseln des Vorgebirges Kap Verde. Und drei Wochen später hatten wir unser Reiseziel erreicht. Wir gingen an der Pfefferküste bei Kap Mesurado vor Anker, um uns mit frischem Wasser und Brennholz zu versorgen. Dies war auch die erste Station, von wo aus unser Handel betrieben werden sollte.

Später fuhren wir weiter östlich nach Kap Palmas. Und hier erst begann der Verkehr lebendiger zu werden. Die Schaluppe wurde mit Handelswaren beladen und mit Lebensmitteln versehen, die für zwölf Mann Besatzung sechs Wochen reichen sollten. Dazu wurde das Schiffchen mit sechs kleinen Drehbassen, die ein Pfund Eisen schossen, ausgerüstet. Mein Steuermann befehligte das Boot; ich aber, sein kleiner Dolmetscher, blieb ihm immer zur Seite und war ihm beim Handel vielfach nützlich. Wir machten mit diesem Fahrzeug drei Reisen längs der Küste. Wir entfernten uns bis zu fünfzig Meilen vom Schiff und waren gewöhnlich drei Wochen abwesend. Nach und nach kauften wir hierbei vierundzwanzig Sklaven – Männer und Frauen -, eine Anzahl Elefantenzähne und etwas Goldstaub zusammen. Bei dem letzten Abstecher wurde auch der für Europa bestimmte Briefsack auf dem holländischen Hauptkastell St. George de la Mina von uns abgegeben.

Unser Schiff fanden wir bei unserer Heimkehr etwas ostwärts wider der Reede von Laque la How. Acht unserer Gefährten waren in der Zwischenzeit infolge des ungesunden Klimas gestorben. Der Kapitän hatte anderthalb Hundert Schwarze beiderlei Geschlechts gekauft und einen guten Handel mit Elfenbein und Goldstaub gemacht. Für alle diese Artikel gilt Kap Lagos als Hauptstation. Landeinwärts ist nämlich ein viele Meilen langer und breiter See, auf welchem die Sklaven von den Menschenhändlern (Kaffizieren) aus dem Innern in Kanus herbeigeschafft werden.

Gerade in dieser Gegend war auch Kapitän Gruben bei den hier ansässigen reichen Sklavenhändlern seit Jahr und Tag wohl bekannt und gern gelitten. Dennoch war es ihm schon auf seiner vorigen Reise nicht gelungen, sich an diesem wohlgelegenen Platz unvermerkt fester einzunisten. Er hatte mit den reichen Negern verabredet, ein hölzernes, nach europäischer Art gebautes Haus zerlegt mitzubringen und dort aufzurichten. Darin sollten zehn bis zwanzig Weiße wohnen können, und durch dort aufgestellte Kanonen sollte es geschützt werden. Als es aber fertig aufgebaut worden war, kam dies den guten Leutchen doch ein wenig bedenklich vor. Sie bezahlten dem Kapitän lieber das Häuschen, das einer kleinen Festung glich, mit reichlich Goldstaub. Als ich dort war, wurde es schon von einem reichen Kaffizier bewohnt.

Nachdem wir von hier noch eine Bootsreise mit ebenso gutem Erfolg gemacht hatten, gingen wir nach vier bis fünf Wochen mit dem Schiffe weiter nach Axim, dem ersten holländischen Kastell an dieser Küste. Hier hatte der Schaluppenhandel ein Ende. Wir steuerten an Cabo tres Puntas vorbei nach Accada, Boutrou, Saconda, Chama, St. Georg de la Mina und nach Moure. Überall wurden Einkäufe gemacht. Endlich hatten wir unsere volle Ladung beisammen; das waren vierhundertzwanzig Neger jeden Geschlechts und Alters.

Nunmehr ging die Reise von der afrikanischen Küste nach Surinam, quer über den Atlantischen Ozean, wo unsere Schwarzen verkauft werden sollten. Nach neun bis zehn Wochen, in denen wir weder Land noch Strand sahen, erreichten wir glücklich unseren Bestimmungsort und tauschten unsere unselige Fracht gegen eine Ladung Kaffee und Zucker. Sodann traten wir die Rückreise nach Holland an. Wir brauchten wiederum acht bis neun Wochen, bis wir endlich wohlbehalten im Hafen von Amsterdam die Anker fallen ließen. Es war im Juni 1751. Die ganze Reise hatte einundzwanzig Monate gedauert. Elf Leute unserer Mannschaft waren während dieser Zeit gestorben.

In Amsterdam war es mein erstes, nach Kolberg an meine Eltern zu schreiben und ihnen Bericht von meiner abenteuerlichen Reise zu erstatten. Man kann sich ihr freudiges Erstaunen beim Empfang dieser Nachricht denken. Ich war tot und war wiedergefunden! Ihre Empfindungen drückten sich in den Briefen aus, die ich unverzüglich von dort erhielt. Segen und Fluch wurden mir versprochen. Ich Unglückskind wäre ja noch nicht einmal eingesegnet! Augenblicklich sollte ich mich aufmachen und nach Hause kommen.

Zufällig traf ich in Amsterdam einen Landsmann, den Schiffer Christian Damitz. Auf seinem Schiffe fuhr ich nach Kolberg zurück. Von meinem Empfange daheim aber will ich besser schweigen.

Ich blieb nun in meiner Vaterstadt und nahm auch am Schulunterricht teil, bis ich das vierzehnte Lebensjahr erreicht hatte und konfirmiert wurde. Dann aber war mit mir kein Halten; ich wollte und mußte wieder auf die See. So übergab mich mein Vater Ostern 1752 dem Schiffer Michel Damitz, der soeben von Kolberg nach Memel und von da nach Liverpool abgehen wollte und in den mein Vater ein besonderes Vertrauen setzte. Beide Fahrten verliefen glücklich. Wir gingen weiter nach Dünkirchen, wo wir eine Ladung Tabak einnahmen; dann über Norwegen nach Danzig. So kam ich kurz nach Neujahr zu Lande nach Kolberg zurück. Ich war um neunzehn Taler Löhnung reicher und glaubte Wunder, was ich in diesen neun Monaten verdient hätte. Jetzt bringen es unsere Matrosen wohl auf fünfzehn und mehr Taler monatlich. So ändern sich die Zeiten.

In den beiden nächsten Jahren fuhr ich auf mehr als einem Kolbergschen Schiffe und unter verschiedenen Kapitänen auf der Ost- und Nordsee umher. War bald in Dänemark und Schweden, bald in England und Schottland oder in Holland und Frankreich zu finden. Auf all diesen Reisen ist nichts vorgefallen, was hier erwähnt zu werden verdiente. Sturm und gut Wetter und was sonst so dazu gehört, sind für einen Seemann etwas Alltägliches. Es ist nicht meine Art, davon viel Aufhebens zu machen.

Aber dieses einförmige Leben paßte mir nicht länger. Der alte Hang zum Abenteuern erwachte. Kein Wunder, daß ich, sobald sich die Gelegenheit bot, der Versuchung zu einer großen Reise nicht widerstehen konnte. In Amsterdam traf ich Kapitän Joachim Blank, einen alten, lieben Kolberger Landsmann und Verwandten, dessen Schiff »Christina« nach Surinam gehen sollte. Ohne weitere Erlaubnis von Hause verdang ich mich flugs und freudig bei ihm als Konstabler. Als auf der Hinfahrt jedoch unser Steuermann über Bord fiel und unglücklicherweise dabei ertrank, rückte ich zum Unter-Steuermann auf.

Daß ich mich hier auf eine ausführliche Beschreibung der Kolonie Surinam einlasse, wird wohl nicht von mir erwartet werden. Man weiß, daß sie ihren Namen von dem Flusse Surinam hat, an dem auch dritthalb Meilen aufwärts die Hauptstadt Paramaribo gelegen ist. An seiner Mündung ist der Fluß wohl zwei Meilen breit und bleibt bis gegen sechzig Meilen landeinwärts auch bei der niedrigsten Ebbe für kleinere Fahrzeuge schiffbar. Auch der mit dem Surinam verbundene Fluß Comandewyne kann bis gegen fünfzig Meilen aufwärts befahren werden. Mit beiden Gewässern steht noch eine Menge toter Arme in Verbindung, und an allen Ufern drängen sich die Zucker- und Kaffeeplantagen. Alles übrige Land aber wird von fast undurchdringlichen Wäldern bedeckt. Und dadurch ist diese Kolonie eine der ungesundesten der Welt. Wenn eine Schiffsmannschaft von vierzig Leuten in den vier Monaten, welche man hier gewöhnlich verweilt, nur acht bis zehn Tote zählt, so wird dies für ein außerordentliches Glück gehalten.

Diese große Sterblichkeit hat aber zum Teil auch wohl ihren Grund in den anstrengenden Arbeiten, wozu die Schiffsmannschaften nach hiesigem Brauch angehalten werden. Sie müssen sowohl den Transport der mitgebrachten Ladung an europäischen Gütern nach den einzelnen Plantagen besorgen, als auch die Rückfracht von diesen Plantagen an Kolonialwaren. Man bedient sich dazu einer Art von Fahrzeugen, die man Punten nennt. Sie sind wie Prahme gebaut und tragen ein zugespitztes, mit Schilf gedecktes Wetterdach. So sehen sie beinahe aus wie ein auf dem Wasser schwimmendes deutsches Bauernhaus. Zwei solcher Punten werden jedem Schiffe beigegeben. Mir als Unter-Steuermann kam es zu, mit Hilfe von vier Matrosen die Fahrten auf den Strömen damit zu machen. Diese Reisen dauern oft vierzehn Tage oder noch länger.

Surinam hätte man damals eher eine deutsche als eine holländische Kolonie nennen können. Auf den Plantagen wie in Paramaribo traf man unter hundert Weißen immer ungefähr neunundneunzig an, die aus allen Gegenden Deutschlands hierher gefunden hatten. Von diesen lernte ich auch zwei Brüder Kniffel kennen, die aus Belgard in Pommern gebürtig, also meine nächsten Landsleute waren. Sie hatten sich in früherer Zeit als einfache holländische Soldaten hierher verirrt, aber Glück, Fleiß und Rechtlichkeit hatten sie seither zu Millionären gemacht, und sie genossen hier ein wohlverdientes Ansehen. Am Comandewyne besaßen sie zwei Kaffeeplantagen. Die eine hieß Friedrichsburg, und eine andere dicht daneben, welche von ihnen selbst angelegt worden war, hatten sie ihrer Vaterstadt zu Ehren Belgard genannt. In Paramaribo war eine Reihe von Häusern ihr Eigentum. Sie bildeten eine vierhundert Schritt lange Straße, die nach ihnen den Namen Kniffels-Loge führte. Ebendaselbst hatten sie eine lutherische Kirche gebaut und zu ihrer Erhaltung für ewige Zeiten die Einkünfte der Plantage Belgard bestimmt.

Unsere Heimfahrt nach Amsterdam, die sechs Wochen währte, verlief glücklich. Wir waren vierzehn Monate abwesend gewesen. Unser Schiff bedurfte einer völlig neuen Verzimmerung, die sich bis in den November 1755 zu verzögern drohte. Da mir dies zu lange dauerte, ging ich in einen anderen Dienst unter Kapitän Wendrop über. Sein Schiff war nach Curaçao bestimmt. Auf der Rückreise ergänzten wir bei St. Eustaz unsere Ladung, und nach neun Monaten warfen wir wiederum vor Amsterdam wohlbehalten die Anker.

Hier warteten Briefe auf mich von meinen Eltern. Diese Briefe enthielten soviel Drohungen und gerechte Vorwürfe, daß ich mich wiederum wohl als der verlorene Sohn reuig auf den Weg nach Hause machen mußte. Einigen Trost fand ich darin, daß ich mit einem Schiff fahren sollte, das meines Vaters Bruder führte.

Im Monat August traf ich in Kolberg ein. Meines Oheims Schiff fand ich bereits in der Ausrüstung. Wir fuhren auf die Rügenwalder Reede, wo wir unsere Ladung Holz einnahmen. Mit mir fuhr mein jüngerer, sechzehnjähriger Bruder als Kajütenwärter. Auch hatte mein Oheim seinen eigenen vierzehnjährigen Sohn mitgenommen. Alles in allem befanden sich dreizehn Menschen an Bord. Gleich der Anfang der Fahrt versprach wenig Gutes. Wir wurden durch Sturm und widrige Winde dergestalt aufgehalten, daß wir erst Ausgang Oktober im Sunde anlangten.

Hier ging mein Oheim mit mir und noch drei anderen Matrosen in der Segelschaluppe nach Helsingör an Land, wo seine Geschäfte ihn so lange aufhielten, daß wir erst abends um neun Uhr auf den Rückweg kamen. Die See ging hoch. Unser Fahrzeug, das mit Wasser- und Bierfässern sowie anderen Provisionen schwer geladen war, hielt wenig Bord. Eben machten wir einen Schlag dicht hinter dem dänischen Wachtschiffe vorbei, als ein harter Stoßwind so plötzlich aufstieg und so ungestüm in unsere Segel fiel, daß die Schaluppe Wasser schöpfte, umschlug und im Hui den Kiel nach oben kehrte. Wir wurden samt und sonders herausgespült. Ich griff nach einem Ruderholz und war so glücklich, mich über Wasser zu halten. Wo die anderen abblieben, sah ich nicht. Indes war unser Unglück von dem dänischen Kriegsschiff bemerkt worden. Sogleich setzten sie ein Fahrzeug aus, das uns Hilfe bringen sollte. Allein es war stockfinster und von uns Verunglückten keine Seele aufzufinden. Nur die Schaluppe kam ihnen in den Wurf und ward geborgen. Freilich war die ganze Ladung davongeschwommen.

Unter uns Umhertreibenden war ich wohl der erste, der sich glücklich aus diesem bösen Handel zog. Ich trieb gegen ein vor Anker liegendes Schiff und hielt mich so lange am Ankertau fest, bis die Leute mich zu sich an Bord ziehen konnten.

Erst am Morgen fanden wir uns in Helsingör wieder zusammen. Unsere Schaluppe ward uns von dem Wachtschiffe zurückgegeben. Wir ersetzten unsere verunglückte Ladung durch neue Vorräte, versahen uns mit frischen Rudern und kehrten sodann nach unserm Schiffe zurück. Sobald Wind und Wetter wieder günstiger geworden waren, setzten wir unsere Fahrt trotz der späten und bösen Jahreszeit fort.

Am 2. Dezember warf uns ein gewaltiger Nordsturm auf die flämischen Bänke, deren Gefährlichkeit wir nur zu gut kannten. Bald auch bekamen wir mehrere heftige Grundstöße, die unser Steuerruder beschädigten und es unbrauchbar machten. Um nicht augenblicklich auf den Strand zu geraten, blieb nichts übrig, als uns auf der Stelle vor zwei Anker zu legen. Das Land war eine kleine halbe Meile entfernt. Unsere Segel, die wir nicht mehr fest machen konnten, flatterten im Winde. Welle für Welle stürzte über das Verdeck hinweg. Wir standen in einem fort unter Wasser und mußten uns am Mast festhalten. Wir befanden uns an der flandrischen Küste und eine Strandung war kaum zu vermeiden. Hier war österreichisches Gebiet. Wir waren preußische Untertanen und Preußen mit Österreich seit kurzem im Kriege begriffen. Unsere Lage war daher noch unerfreulicher. Mein Oheim verbot uns für jeden Fall, auf irgendeine Weise zu verraten, daß wir von Rügenwalde kämen und ein preußisches Schiff hätten. Wir sollten vielmehr übereinstimmend aussagen: Schiff und Ladung sei schwedisches Eigentum, komme von Greifswald und sei nach Lissabon bestimmt. Sobald es der Sturm zulasse, so setzte er hinzu, wolle er hinabsteigen, um die preußische Flagge und seine Schiffspapiere zu vernichten, und die schon bereitgehaltenen schwedischen Dokumente aus der Kajüte zu holen.

Er entschloß sich wirklich zu diesem gewagten Versuch. Doch beim Niedersteigen traf ihn ein unglücklicher Schlag des peitschenden Segels so gewaltsam, daß es ihm unmöglich wurde, sich länger zu halten. Er stürzte mit dem Rücken auf den Rand des auf dem Verdeck stehenden Bootes, von da endlich auf das Deck, welches die Sturzwellen immerfort überschwemmt hielten. So sahen wir ihn in diesem Wasser hin und her gespült werden. Ein gräßlicher Anblick. Mit noch zwei Matrosen wagte ich mich hinab. Wir zogen ihn mit Mühe auf das Kajütendeck, wo nicht jede Woge eine Überschwemmung verursachte. Der Schlag des Segels hatte das linke Auge getroffen; es hing nur noch an einer schwachen Sehne weit aus dem Kopfe. Das Blut drang aus Mund, Nase und Ohren zugleich. Aus der hohlen Brust stöhnte ein dumpfes Röcheln. Er war vollkommen ohne Bewußtsein. Ratlos schob ich ihm das hängende Auge in den Kopf zurück und band ihm ein Halstuch darüber. Neben ihm lag ich mit seinem Sohn und einem Matrosen.

Bis gegen fünf Uhr abends lagen wir dort. Dann rissen unsere Ankertaue, und wir wurden bei halber Flut unaufhaltsam gegen den Strand getrieben. Endlich stieß das Schiff auf Grund. Aber erst als die Ebbe eintrat, saß es völlig fest. Allmählich krachte der Schiffsleib in allen Fugen. Wir sahen die Stücke davon unter unseren Füßen eins nach dem anderen davontreiben. Als sich die Ebbe aber immer weiter zurückzog, ließ auch die Gewalt der Wogen nach, die uns sonst unausbleiblich in den Abgrund gerissen hätte.

Es war Mondschein. Nach unserer Schätzung waren wir zwei- oder dreihundert Schritte vom Ufer entfernt. Es wurde höchste Zeit, alles aufzubieten, um wo möglich lebend an Land zu kommen, bevor die Flut wieder stieg. Deren Gewalt konnte das Schiff ohnehin nicht mehr widerstehen, ohne gänzlich in Trümmer zu gehen. Es mußte gewagt werden! Sowie nun eine Sturzwelle nach der anderen sich zu uns heranwälzte, sprangen wir der Reihe nach über Bord und wurden sogleich mit der Brandung gegen das Ufer getrieben. Die dort stehenden Menschen fingen uns auf und brachten uns aufs Trockne. Ich, mein Bruder und der Sohn meines Oheims – wir waren die letzten. Wir lagen neben dem Verunglückten auf dem Kajütendeck und konnten uns nicht entschließen, den teuren Mann zu verlassen. Wir schrien und wußten nicht, was wir mit ihm beginnen sollten. Vom Strande her ward uns durch ein Sprachrohr unaufhörlich zugeschrien: »Springt über Bord! Springt über Bord! Wächst das Wasser mit der Flut wieder an, so seid ihr verloren! Springt! Springt!«

Angefeuert und gleichzeitig geängstigt durch dies Rufen zogen wir endlich unsern Leidenden, dessen Bewußtsein völlig geschwunden war, hart an den Bord des Schiffes, warteten auf eine besonders kräftige Sturzwelle und ließen ihn damit zum Ufer treiben. Zu unserer Freude sahen wir, wie er im Flug dem Lande zugeführt wurde. Dort fingen ihn die guten Leute auf, ehe er von der See wieder zurückgespült werden konnte. Dann sprang mein Bruder ins Wasser, danach der Sohn meines Oheims. Als letzter warf ich mich in die rollenden Wogen; und schon in der nächsten Minute umfingen mich hilfreiche Arme, die mich den Strand hinauf ins Trockne trugen.

Die Mehrzahl unsrer menschenfreundlichen Retter waren öster-
reichische Soldaten. Seit ihre Kaiserin Maria Theresia sich auch mit
England im Kriege befand, standen sie hier zur Deckung der Küste
postiert und hatten alle zweitausend Schritte ein Wachthaus am
Strande. In ein solches Gebäude ward nun auch unser armer Oheim
von uns und den Soldaten getragen. Man deckte ihn mit allem, was
sich an trockenen Kleidungsstücken vorfand, sorgfältig zu, um ihn
wieder zu erwärmen.

So mochte er etwa eine Stunde gelegen haben, als er zum ersten-
mal nach seinem Unglück den Mund öffnete. »O Gott! Ist mir noch
zu helfen?« stöhnte er. Das war Musik in meinen Ohren. Mit freu-
diger Hast erwiderte ich ihm: »Ja, ja, lieber Vatersbruder! Gott kann
– Gott wird Euch noch wieder helfen. Wir sind am Land.«

Früh morgens kam ein Fuhrwerk mit Stroh gefüllt und einer
Leinwanddecke versehen. Nachmittags kamen wir in Dünkirchen
an. Man schickte mich nach dem Klosterhospital, wo der rechte Ort
für Kranke und Gebrechliche sei. Als wir dort angelangt waren und
meinen Onkel vom Wagen gehoben hatten, nahmen ihn gleich mehrere katholische Ordensgeistliche in Empfang. Sie legten ihn zuvörderst auf einen langen, breiten Tisch, wo er bis auf die nackte Haut
entkleidet wurde.

Darauf fand sich eine Anzahl von Doktoren und Chirurgen ein,
welche nun zu einer genaueren Untersuchung seiner Verletzung
schritten. Zuerst lösten sie das Tuch, welches ich dem Armen gleich
nach seinem unglücklichen Falle um das Auge gebunden hatte. Jetzt
war dieses mit dem geronnenen Blut an dem Verband fest getrock-
net und wurde mit ihm aus dem Kopf gezogen. Da es nur noch an
einem dünnen Nervenstrang in der Augenhöhle hing, war es rettungslos verloren. Man schnitt es daher ab.

Bei der weiteren Untersuchung ergab sich, daß das linke Bein
oberhalb des Knies im dicken Fleische gebrochen war. Am bedenk-
lichsten war jedoch die Zerschmetterung eines Rückenwirbels dicht
unterm Kreuz. Offenbar verursachte diese Verletzung dem armen
Manne die empfindlichsten Schmerzen. Während man ihn behan-
delte und die Gliedmaßen hin und her reckte und dehnte, hörte er
nicht auf zu winseln und zu ächzen. Uns drei Jungen, die wir Zeugen von dem allen waren, schnitt jeder Klageton tief ins Herz. Wir

heulten und lamentierten mit dem Oheim um die Wette. Schließlich sah man sich genötigt, uns aus dem Gemach zu weisen. Wir brachten eine schlaflose, trübselige Nacht zu und wußten nicht, wo Trost und Hilfe zu finden.

Am nächsten Morgen standen wir wiederum, von Herzen betrübt, am Bett unseres Kranken. Wir konnten aber keine merkliche Besserung an ihm feststellen. Ich beugte mich indes dicht an sein Ohr. »Lieber Vatersbruder«, fragte ich ihn, »sollen wir nach Kolberg schreiben?« – Er hatte mich verstanden, denn er schüttelte mit dem Kopfe, als ob er Nein sagen wollte. Ein schwacher Hoffnungsstrahl! Doch er erfüllte mich mit Mut. Vielleicht konnte doch noch alles wieder gut werden. Ich glaubte darum auch, daß ich die Briefe unbedenklich abgehen lassen dürfte, und eilte mit meinen Gefährten nach dem Postkontor.

Als wir nach dreiviertel Stunden etwa wieder in das Kloster und das Krankenzimmer kamen, fanden wir zu unsrer höchsten Bestürzung nur unsers guten Oheims Leiche vor. Sobald uns die Doktoren verlassen hatten, traten einige Pfaffen hinzu und fragten mich, zu welchem Glauben sich unser Schiffskapitän bekannt habe. Ich armer Narr antwortete unbedenklich: »Ei, zum Lutherschen!«

Sowie dies unglückliche Geständnis über meine Lippen gekommen, war es, als wäre ein Blitz ins Kloster geschlagen. Alles geriet in Bewegung. Sie sprachen eifrig untereinander. Niemand wollte den Seligen berühren, und doch mußten die Ketzergebeine aus dem geweihten Bezirk geschafft werden, ehe die Sonne unterging. Man steckte uns endlich eine beschriebene Karte in die Hand. Sie war an einen Tischler gerichtet, der wohl die Särge für das Hospital lieferte. Wir sollten uns einen Sarg nach der Größe unserer Leiche aussuchen. Unsre Wahl fiel auf den längsten, weil unser Oheim von ansehnlicher Statur gewesen war. Mit diesem Sarge wanderten wir nach dem Kloster zurück.

Hier trieb man uns mit barschem Ernst an, den Leichnam unverzüglich einzusargen. Man reichte uns Hammer und Nägel, um den Deckel zuzuschlagen. Dann begannen wir, den Sarg mit den uns so teuren Überresten eine kurze Strecke auf den Flur fortzuziehen und zu schieben. Hier aber lähmte der ungeheure Schmerz plötzlich alle unsre Kräfte. Ich fiel vor dem einen Pater auf die Knie und bat ihn um Gottes willen, man möge sich unser erbarmen.

Es gab eine kurze Besprechung unter den Anwesenden. Ein Aufwärter ward fortgeschickt, und binnen einer Viertelstunde erschienen vier Männer mit einer Trage, jeder mit einem Spaten versehen. Sie packten die Leiche an, und so ging der Zug zum Tore hinaus etwa zweitausend Schritte weit und gerade auf eine Kirche zu. Wir meinten, der Leichenzug eile dem Kirchhof zu. Doch weit gefehlt! Es ging an dem Gotteshause vorbei und wohl noch tausend Schritte weiter auf ein freies Feld.

Es war ein Fleck am Wege, der nichts hatte, was einem Totenacker ähnlich sah. Hier sollten wir nun ein Grab graben. Da es aber den Kerlen damit zu lange währte, nahmen sie uns die Spaten verdrießlich aus den Händen, schaufelten selber und schimpften uns Ketzer. Wir hingegen gaben ihnen alle möglichen guten Worte; und sobald das Grab auch nur so tief gegraben war, daß der Sargdeckel unter die Erde kommen konnte, senkten wir die Leiche mit Weinen und Wehklagen hinein und warfen Erde darüber. Dann nahmen wir unter tausend heißen Tränen Abschied.

Später berieten wir, was wir in dieser unsrer gänzlichen Verlassenheit anzufangen hätten. Wir beschlossen, am nächsten Morgen zu unserm Schiff und unsern Kameraden zurückzukehren. Wo diese blieben, wollten auch wir bleiben und ihr Schicksal mit ihnen teilen. Unser einziger und letzter Notanker war des verstorbenen Oheims Taschenuhr. Wir hatten sie an uns genommen und gedachten sie loszuschlagen, wenn es nötig wäre. Wir wanderten wieder den Strand entlang, um unsere zurückgelassenen Unglücksgefährten aufzusuchen.

Doch wir waren kaum eine Meile gegangen, als wir unsern Schiffskoch Roloff trafen. Er berichtete uns: Die österreichischen Strandwächter hätten unsere preußische Flagge von dem zertrümmerten Schiffe am Ufer aufgefischt. Die Mannschaft sei hierauf nochmals in ein scharfes Verhör genommen worden und habe sich endlich zu ihrer wahren Landsmannschaft bekennen müssen. Von Stund an habe man sie als Kriegsgefangene behandelt. Man habe sie gezwungen, die Trümmer des Schiffes und der Ladung in angestrengter Arbeit bergen zu helfen. Dabei seien sie streng bewacht worden. Niemand habe sich ohne militärische Begleitung auch nur bis zwischen die nächsten Sanddünen entfernen dürfen. Ihm selbst sei es dennoch in der letzten Nacht geglückt, seinen Aufsehern zu entwischen. Er gedenke nunmehr nach Dünkirchen zu gehen, wo er in Sicherheit zu sein hoffe. Uns aber rate er, auf der Stelle mit ihm umzukehren.

Auch uns schien dieser Vorschlag in der Tat der beste zu sein. Daneben fiel mir ein, daß unser Schiff in Amsterdam gegen Seeschaden und Türkengefahr versichert gewesen war und daß der Kommissionär, der dies Assekuranz-Geschäft besorgt hatte, den Namen Emanuel de Kinder führte. Ich konnte demnach bitten, an diesen Agenten in Amsterdam zu schreiben und ihn in unserm Namen um einen Vorschuß von einhundert Gulden für Rechnung meines Vaters zu ersuchen. Damit konnte man dann schon hoffen, unsre Heimat wieder zu erreichen.

All dies ging auch nach Wunsch in Erfüllung. Binnen acht Tagen ging auch eine Antwort von Emanuel de Kinder ein. Er schrieb, wenn wir des Nettelbecks Kinder wären, möge man uns die hundert Gulden, oder, falls wir es verlangten, auch das Zwiefache auf sein Konto vorschießen.

Mit Reisegeld waren wir nun notdürftig ausgerüstet. Welchen Weg aber sollten wir einschlagen, um wieder zu den Unsrigen zu gelangen? Es war Winter, und die See so gut als gesperrt. Zu Lande hätten wir uns durch die österreichischen Niederlande wagen müssen, wo wir als Preußen Gefahr liefen, gleich an der Grenze in Nieuport, Ostende oder wo es sonst sei, angehalten zu werden. Bald aber bot sich uns eine günstige Gelegenheit, weiter zu kommen. Die Dünkircher Kaper hatte nämlich einen englischen Kutter als Prise aufgebracht und ihn an einen Schiffer aus Bremen namens Hindrick Harmanns verkauft. Harmanns ließ das Schiff sofort mit losen Tabakstengeln laden und wollte damit nach Hamburg gehen. Die gesamte Schiffsmannschaft bestand außer ihm selbst nur aus zwei Matrosen. Wir drei waren ihm als Passagiere um so willkommener, da wir uns erboten, gegen Kost die Wache mit zu halten.

Vier Tage vor Weihnachten gingen wir in See. Es begann hart zu frieren, und das ganze Fahrzeug sah zuletzt wie ein großer Eisklumpen aus. Da wir nur wenig auf dem Leibe hatten, wurden uns unsere Wachen herzlich sauer. Uns fror jämmerlich. Wir krochen daher, so oft die Wachzeit zu Ende war, tief zwischen die Tabakstengel. Wir kamen aber gewöhnlich ebenso erfroren wieder heraus, als wir hineingekrochen waren. Unsere Schiffsleute verfuhren auch sehr unbarmherzig mit uns. Sie nahmen uns nicht in die Schlafkojen auf, wiewohl das, während sie sich selbst auf Wache befanden, sehr gut hätte geschehen können. Ebensowenig ließen sie uns zu unserer Erwärmung das geringste von ihren Kleidungsstücken. Selbst das kärgliche Essen, das wir erhielten, wurde uns nur widerwillig und mit Brummen vorgesetzt.

So kamen wir vor die Mündung der Elbe. Da wir hier aber alles mit Eis bedeckt fanden, beschloß unser Kapitän, wieder umzukehren und an der holländischen Küste einen Nothafen zu suchen. Vor der Insel Schelling fand sich auch ein Lotse zu uns an Bord, der uns schon zu später Abendzeit zwischen die Bänke ins Vorwasser brachte. Da uns indes der Wind entgegenstand und wir nicht weiter hineinkommen konnten, warfen wir Anker. Der Lotse ging wieder an Land und versprach, zu uns zurückzukehren, sobald der Wind sich umsetzte.

Es war der 1. Januar des Jahres 1757. Abends um zehn Uhr setzte sich der Wind in Nordwesten. Er wuchs zu einem fliegenden Sturm an, und unser Schiff wurde vom Anker getrieben. Ehe wir uns dessen versahen, saß es auf einer Bank fest. Die Sturzwogen rollten unaufhörlich über das Fahrzeug hinweg und schäumten bis hoch an die Masten. Das Schiff war scharf im Kiel gebaut. So oft daher eine Welle sich verlief, fiel es so tief auf die Seite, daß die Masten beinahe das Wasser berührten. Gleichwohl wurden wir dank Gottes Barmherzigkeit nicht von Bord gespült. Diese gefährliche Lage dauerte wohl vier bis fünf Minuten, bis endlich eine besonders hohe und mächtige Welle uns hob und mit sich über die Bank schleuderte.

So gelangten wir zwar für einen Augenblick wieder in fahrbares Wasser, doch wenig später jagte der Sturm unser Fahrzeug vollends auf den Strand. Der Schiffer mit seinen beiden Leuten befand sich zufällig auf dem niedriger liegenden Hinterteile des Schiffes, während wir drei Passagiere uns vorne in der Höhe befanden und den Fockmast umklammert hielten, um nicht von den spülenden Wogen mit fortgerissen zu werden.

Die Nacht war ziemlich dunkel; auf dem Land lag Schnee, und rings um uns her schäumte die Brandung. Da aus diesem Grunde alles weiß war, ließ es sich nicht unterscheiden, wie nahe oder wie fern wir dem trockenen Ufer sein mochten. Ich nahm nun einen Augenblick wahr, wo das Verdeck nach vorne frei vom Wasser war, und kroch an dem langen Bugspriet hinan, das nach dem Strande hin gerichtet stand. Da sah ich nun deutlich, daß jedesmal, wenn die See zurücktrat, das Ufer kaum eine Schiffslänge von uns entfernt war.

Jetzt schien mir eine Rettung möglich. Ich kletterte behutsam zu meinen Gefährten zurück und teilte ihnen meine glückliche Entdeckung mit. Sobald die nächste Welle weit genug zurück sei, wollte ich mich schnell an einem Tau hinablassen. Wenn ich festen Boden unter mir fühlte, sollten sie meinem Beispiel getrost folgen. Auch dem Schiffer und seinen beiden Leuten schrie ich zu, sich auf diesem Wege zu retten. Allein das Sturm- und Wellengebrause war zu mächtig, als daß ich hätte verstanden werden können.

Unser Wagestück gelang. Wir kamen glücklich an Land. Durchnäßt bis auf die Haut und erstarrt vor Frost wanderten wir dann auf eine Feuerbake zu, deren Licht wir etwa zweitausend Schritte vor uns flimmern sahen.

Wir gelangten auch wohlbehalten an den Feuerturm. Droben im Wachstübchen fanden wir einen Mann auf der Pritsche ausgestreckt. Als er uns eintreten sah, fiel ihm vor Schreck die Pfeife aus dem Munde.

Auf den Bericht von unsrer unglücklichen Strandung erklärte er, daß er verpflichtet sei, dies Ereignis sofort im nächsten Dorf anzuzeigen. Es läge kaum einige tausend Schritte entfernt. Er lud uns ein, ihn dorthin zu begleiten. Wir armen, erstarrten Burschen kamen aber nicht so schnell vorwärts wie er. Als wir aber im Dorfe anlangten, hörten wir schon eine Glocke läuten. Damit wurde allem Mannsvolk das Zeichen gegeben, unser gestrandetes Schiff zu suchen und zu bergen.

Wir wurden indes in ein Haus geführt und über unser Unglück ausgefragt. Die guten Leute brachten aber zugleich auch trockene Kleider herbei, Speisen, Warmbier und sogar Glühwein, um uns zu erquicken. Sie weinten um die Wette mit uns – wir vor Freude, sie aus Mitleid. Und nicht eher verließen sie uns, als bis sie uns in einem warmen Bett zur Ruhe gebracht hatten.

Wie wir am nächsten Morgen erfuhren, hatte die Dorfmannschaft erst bei Tagesanbruch längs dem Ufer die treibenden Trümmer von unserem Schiffe gesichtet, aber weder einen lebendigen Menschen noch eine Leiche gefunden. Wir allein waren also leider nur gerettet.

Mitte März langten wir in der Heimat an und wurden von den Unsrigen mit einer Freude empfangen, als wären wir vom Tode auferstanden.

Fünf Tage war ich im lieben Vaterhause gewesen, als ein neuer Unglücksstern über mir aufging. Da hieß es: Die Unteroffiziere von unserm Bataillon, welches damals seine Winterquartiere in Torgau hatte, wären in unsrer Gegend, um frische Rekruten in diesem ihrem Kanton auszuheben. In jener Zeit eine Schreckensnachricht für alle Eltern und alles junge Volk, das eine Flinte schleppen konnte und nicht mochte.

Diese entschiedene Abneigung des Bürgers gegen den Soldatenstand, die man damals überall fand, hatte aber auch ihre genugsame Rechtfertigung in der heillosen und unmenschlichen Art, womit die jungen Leute beim Exerzieren von den dazu angestellten Unteroffizieren behandelt wurden. Vor den Fenstern ihrer Eltern, auf öffentlichem Markte wurden sie von diesen rohen Menschen bei solchen Übungen mit Schieben, Stoßen und Prügeln aufs grausamste mißhandelt. Oft nur, um ihre neue Autorität fühlen zu lassen, oft aber auch wohl in der eigennützigen Absicht, von den Angehörigen Gaben und Geschenke zu erpressen. Es war ein kläglicher Anblick, wenn die Mütter, die bei solchen Auftritten in Haufen daneben standen, schrien und baten, um dann von den Barbaren rauh und unsanft abgeführt zu werden. Irgendwelche Klagen bei den Obern wurden abgewiesen. Sie dachten wie ihre Untergebenen und sahen mit kalter Geringschätzung auf alles herab, was nicht den blauen Rock ihres Königs trug.

Ich selbst hielt mich schon meiner kleinen Statur wegen nicht tauglich zu einem regelrechten Soldaten. Man kann sich also meinen Schreck denken, als ein gutmeinender Freund aus dem eingetroffenen Werber-Korps meinem Vater insgeheim anvertraute: Sämtliche Burschen der Stadt von vierzehn Jahren und darüber wären bereits notiert; um elf Uhr würden die Tore geschlossen, die Brauchbarsten unter den Jungleuten aufgegriffen und gleich am nächsten Morgen nach Sachsen transportiert.

Jetzt war es neun Uhr morgens. Ich durfte also nicht säumen. Ich sollte vorerst nach der Münde flüchten und mich dort verbergen. Bald hörte ich, daß das Ordonnanz-Haus bereits voll neuer Rekruten stecke. Mein Vater ließ mir sagen, daß auch bei ihm nach mir gesucht worden sei. Ich möge mich daher ungesäumt aufmachen und zwei Meilen weiter am Strande entlang im Dorf Bornhagen bei einem mir namhaft gemachten Bauern eine einstweilige Zuflucht suchen. Doch dieser gute Rat kam leider zu spät; mein Aufenthalt war schon verraten!

Gleich am Nachmittag zeigten sich die Werber überall auf der Münde und umringten das Haus, in dem ich steckte. Ich hatte nur soviel Zeit, mich auf den stockfinsteren Boden zu flüchten. In meiner Angst zog ich ein großes Fischernetz, das dort hing, über mir zusammen, so daß ich ein wenig verdeckt lag. Kaum war dies geschehen, so rührte sich auch etwas auf der Leiter, die unter das Dach führte. Es war ein Unteroffizier. Er zog sein Seitengewehr und tastete damit die Winkel ab. So ging er auch rund um mich, ohne mich unter dem aufgetürmten Netz zu ahnen. Ich hatte Gelegenheit, sein Tun einigermaßen zu beobachten. Ich darf wohl sagen, daß mir dabei unheimlich zumute war. Aber er fand mich nicht, und auch unten im Hause wurde ich standhaft verleugnet.

Nun war aber auch hier meines Bleibens nicht länger! Kaum graute der Abend, so machte ich mich zu meinem Bauer auf den Weg. Man hatte mir einen tüchtigen Schiffshauer (eine Art Haumesser) zu meiner Sicherheit mitgegeben. Ich sollte mich damit weniger meiner Verfolger erwehren als der Wölfe, da ich ja das Stadtholz passieren mußte. Es war auch ein wahres Wolfswetter, mit Sturm und Schneegestöber. Gott weiß, wie blutsauer mir dieser Weg wurde. Unzählige Male brach das Eis unter mir ein oder ich versank im Schnee, daß ich vollauf zu tun hatte, immer wieder auf die Beine zu kommen. Endlich am Morgen erreichte ich meine Freistatt. Ich hielt mich dort zehn oder zwölf Tage auf. Da ich immer im Zimmer bleiben mußte und keine Nachrichten von zu Hause hatte, erschien mir die Zeit wie eine halbe Ewigkeit. Endlich hatte ich keine Ruhe mehr. Ich machte mich eines Abends wieder auf, um in meinem alten Quartier auf der Münde nachzufragen, ob ich mich mit einiger Sicherheit wohl wieder zeigen dürfte.

Hier lauteten indes die Nachrichten so wenig tröstlich, daß ich mich weiter verbergen mußte. Doch wollte ich nicht gern von der Münde weichen, weil die Schiffahrt bald wieder losging, und dann war ich hier zur Stelle und konnte womöglich mit irgendeinem absegelnden Schiff entkommen. Da sich aber noch mehrere meiner jungen Kameraden mit ähnlichen Plänen trugen, so waren wir bereits nach einigen Tagen verraten worden. Eine neue Jagd ward auf uns begonnen. Mitten in der Nacht weckte mich ein leises Klopfen an den Fensterladen des Kämmerchens, wo ich schlief Die bekannte Stimme einer getreuen Frauensperson rief mir zu: »Joachim, auf! Aus den Federn! Die Soldaten sind wieder auf der Münde! Mach, daß du davon kommst!«

In der Bestürzung griff ich nach den ersten besten Kleidern, die auf den Stühlen lagen und die ich für die meinigen hielt. So stahl ich mich im Hemd alsobald auf die Straße hinaus. Dort schüttelte ich meinen Fund auseinander, um mir davon etwas über den Leib zu werfen, und bemerkte nun erst mit Schrecken, daß mir nichts als Frauenkleider in die Hände gefallen waren. Da mir nichts anderes übrig blieb, warf ich mir einen roten Friesrock über die Schultern und war im Begriff, mich mit dem Reste noch besser auszustaffieren, als ich in meinem Anputzen häßlich gestört wurde.

Es waren die Herren Soldaten. Sie bogen kaum zehn Schritte vor mir um eine Ecke. Ich suchte mein Heil in der Flucht. Aber eben dadurch verriet ich mich und hatte meine Widersacher auf den Fersen. Mein Lauf ging geradewegs nach einem im Hafen liegenden Schiff, an dessen Bord sie mir nicht so hurtig nachfolgen konnten. Zu meinem Glück lag auf der anderen Seite des Schiffes ein Boot befestigt. Ich sprang hinein; es war sogar ein Ruder darin. Ich löste das Tau, stieß ab und entkam meinen Verfolgern in eben dem Augenblick, als auch sie das Schiffsverdeck erreicht hatten.

Jenseits, in der Maikuhle, ging ich an Land. Ich überlegte nun etwas ruhiger, was weiter zu tun sei. Vor allen Dingen mußte ich etwas auf den Leib kriegen. Ich war ja so gut wie nackt, und es war eine bitterlich kalte Märznacht. Also wanderte ich getrost zu der nächstgelegenen Holzwärterei Grünhausen. Ich klopfte den Bewohner heraus, gab mich zu erkennen und bat um Aufnahme. Seine abschlägige Antwort befremdete mich nicht. Es war derzeiten streng verboten, Flüchtlinge meiner Art aufzunehmen. Man sollte sie vielmehr sofort anhalten und ausliefern. Ich beschränkte demnach meine Bitten auf irgendeine Kopfbedeckung und ein Paar Strümpfe. Der ehrliche Kerl reichte mir seine Schlafmütze und ein Paar hölzerne Pantoffeln. Dann riet er mir noch, mich eiligst zu entfernen. Es sei auch bei ihm nichts weniger als sicher, da er gleichfalls einen Sohn im Hause habe, dem, obwohl er krank und elend sei, von den Soldaten nachgetrachtet werde.

So aufs abenteuerlichste ausstaffiert, begab ich mich nach der Maikuhle zurück, um eine anderweitige Zuflucht aufzusuchen. Es stand dort, wie ich wußte, ein alter Schiffsrumpf hoch am Strande, der im Sommer als Bierausschank benutzt wurde. An diesem kletterte ich hinan, stieg oben durch das Rauchfangloch und duckte mich da vor der Kälte in einem Winkel zusammen. Mit dem ersten Dämmerungsstrahl lugte ich von meiner Hochwarte überall umher. Da nach der Münde hin alles ruhig schien, so wagte ich mich hervor. Ich suchte mein verlassenes Boot wieder auf und ruderte vorsichtig zu einem Schiffe heran, das nach Königsberg gehörte und von dem Schiffer Heinrich Geertz geführt wurde. Dieser gute Mann nahm mich willig auf und hielt mich länger als vierzehn Tage bei sich verborgen.

Dennoch konnte ich hier nicht ewig bleiben. Es war mir daher eine erwünschte Nachricht, daß ein Kolberger Schiffer, dessen Schiff dicht neben uns vor Anker lag, am nächsten Morgen mit Ballast nach Danzig auszugehen gedenke. Zu diesem Schiff führte mich mein Freund Geertz um Mitternacht.

Auf dem Schiffe war alles still. Niemand hatte mich wahrgenommen. Ich öffnete die vordere Kabelgattluke und rutschte hinunter. Dann machte ich die Luke hinter mir zu und versuchte durch die tausend Gegenstände, die sich mir hindernd in den Weg stellten, tiefer in den Raum hinabzukommen. Es glückte mir auch, aber zu gleicher Zeit hörte ich hinter dem Ballast etwas rascheln und flüstern, das mir unheimlich vorkam. Gleichwohl kroch ich weiter heran und unterschied bald menschliche Stimmen. Je länger ich darauf horchte, um so bekannter kamen sie mir vor. Kurz, es gab hier eine ganz unvermutete Erkennungsszene zwischen mir und elf anderen Seekameraden, welche gleiche Not und gleiche Hoffnung hier zusammengebracht hatte.

Für den Augenblick hielten wir uns zwar geborgen, aber wir hatten nun zu erwarten, daß das Schiff nach uns Flüchtlingen durchsucht wurde. Inzwischen brach der Tag an und an Bord wurde es lebendig. Wir hörten, wie man Anstalten machte, in See zu gehen. Ein wenig später spürten wir mit steigender Freude das Schiff in

Bewegung. Dann merkten wir das Anschlagen der Brandung an die Seitenborde und hörten endlich auch den Abgang des Lotsen, der uns zum Hafen hinaus begleitet hatte. Da auch der Wind gut sein mußte, glaubten wir uns nach Verlauf von noch einer Stunde weit genug von Kolberg, um uns wieder ans Tageslicht wagen zu dürfen. Wir setzten also die Leiter an, schoben die große Luke auf und betraten wohlgemut das Verdeck.

Das Erstaunen des Schiffers über unsern unerwarteten Anblick kannte keine Grenzen. Er tobte wie besessen. »Könnt ich nur gegen den Wind ankommen«, rief er, ich brächt euch alle auf der Stelle nach Kolberg zurück und machte rein Schiff. Aber ich weiß wohl, wo ich euch abzuliefern habe.« Zugleich verbot er seinen Leuten aufs strengste, sich um uns zu kümmern und uns Essen oder Trinken zu reichen.

Zwar wurde es mit diesem Befehl nicht so genau genommen, unsere Freunde steckten uns immerfort etwas von ihren Portionen zu; allein, da wir volle acht Tage auf See blieben, so litten wir gleichwohl grausam Hunger und Durst. Wir waren daher von Herzen froh, als endlich die Anker im Danziger Fahrwasser fielen. Hier sagte der Schiffer in unserer Gegenwart (also wohl nicht ohne geheime Absicht) zu seiner Mannschaft: Er gehe jetzt an Land und nach Danzig zum Preußischen Residenten, um uns Deserteure zu melden und an ihn auszuliefern. Bis dahin sollten sie uns an Bord festhalten und mit Leib und Leben für uns einstehen. Vergeblich wandten sie ein: Die Partie stehe zu ungleich, da sie nur fünf Mann, wir aber zwölf wären. »Was kümmerts mich?« war seine Antwort. »Und wenn es auch Mord und Totschlag gibt, so laßt sie nicht laufen!«

Das hieß nun wohl deutlich genug: Immerhin, laßt sie laufen! Kaum hatte er auch nur den Rücken gewandt, so machten wir uns zum Abzug fertig. Zum Schein gab es zwischen uns und dem Schiffsvolk ein unbedeutendes und unblutiges Handgemenge. Darauf gingen wir unsres Wegs. Wir ließen uns sofort über die Weichsel setzen und schlugen längs dem Strand die Richtung nach Königsberg ein.

Es traf sich sehr gelegen, daß an diesem lebendigen Handelsplatze bei eben wieder eröffneter Schiffahrt Mangel an unterrichteten Seemännern war, die als Steuerleute gebraucht werden konnten. Es währte daher kaum zwei, drei Tage, und wir waren auch schon samt und sonders untergebracht. Ich selbst fand einen Platz als Steuermann auf einer kleinen Jacht von fünfzig Lasten und fünf Mann Besatzung. Mein Schiffer hieß Berend Jantzen. Sein Schiff war mit einer Ladung Hanf nach Irwin in West-Schottland bestimmt, sollte aber, um die französische Kaper zu vermeiden, oben herum durch die Nordsee und die Orkneys steuern.

Wir gingen unter Segel. Doch schon im Sunde hatten wir Unglück. Das eiserne Band eines Wasserfasses schlug beim Zerspringen dem Schiffer von hinten gegen die Wade und schleuderte dadurch das Bein so heftig gegen eine scharfe Holzecke, daß wir ihn in die Kajüte tragen mußten. Er hatte durch diesen Schaden mehrere Monate lang das Bett zu hüten. Da auch einer unserer Matrosen, an welchem sich bald ein venerisches Übel offenbarte, nicht auf Deck zu brauchen war und unser Schiffsjunge bei dem geringsten Sturmwetter mit Seekrankheit zu tun hatte, mußten ich und der zweite Matrose das Schiff allein führen. Ich gestehe, daß mir bei der Sache nicht ganz wohl war.

Die Schiffahrt zwischen Schottland, der Insel Lewis und den übrigen zahlreichen Hebriden gehört in der Tat zu den gefährlichsten. Nicht nur das enge Fahrwasser zwischen den Inseln und den vielen Klippen macht sie so schwierig, sondern auch hauptsächlich die starken Strömungen, die das Wasser überall brandend aufschäumen lassen. Es sieht aus, als ob alles rings umher dicht mit Klippen besät wäre. Noch schlimmer aber ist es, daß die holländischen Seekarten, deren wir uns damals allein bedienen konnten, hier durchaus unzuverlässig sind und jeden Augenblick irre führen. Auch ich verlor den Kurs. So darf man sich denn nicht wundern, daß ich hier bald nicht mehr aus und ein wußte.

In dieser Bedrängnis kam uns ein englisches Schiff zu Gesicht, von welchem ich richtigen Bescheid zu erlangen hoffte. Ich richtete also die Segel nach jener Seite hin und steckte zugleich die preußische Flagge auf. Sie ist bekanntlich weiß und führt in der Mitte den schwarzen Adler. Aber auch die französische Flagge ist von weißer

Farbe. Da sich nun bei dem mäßigen Winde unsere Flagge zu wenig entfaltete, um den Adler statt der Lilien erkennen zu lassen, so ward ich von dem Engländer für einen französischen Kaper angesehen. Er setzte soviel Segel auf, als sein Schiff nur tragen konnte, um mir zu entgehen. Ich tat dasselbe, um Jagd auf ihn zu machen. So verursachten wir uns beiderseits Not und Mühe, bis am Nachmittag der Wind völlig erstarb, als ich nur noch eine kleine Viertelmeile von dem Flüchtling entfernt war.

Ich setzte nunmehr die Jolle aus und ließ mich von dem Matrosen und dem Schiffsjungen zu dem anderen Schiff rudern. Als Vorwand meines Besuches sollte die kleine Notlüge dienen, daß unser Trinkwasser ausgegangen sei. Wir kamen dem Schiffe auch glücklich zur Seite. Zu unserer Verwunderung fanden wir alles zum Gefechte bereit.

Meine Bitte um frisches Wasser schien unverdächtig. In der Zeit, da das Wasser gezapft und in mein Faß gefüllt wurde, fragte ich ganz unbefangen nach dem Namen dieses und jenes Landes, das uns eben vor Gesicht lag. Ich erfuhr dann auch, daß dort hinaus Kap Cantrie, hierwärts aber die Insel Lamlach läge. Zu meiner großen Beruhigung war ich nun wieder orientiert, ohne mir die Blöße gegeben zu haben, meine Unwissenheit einzugestehen.

Irwin, unser Bestimmungsort, liegt im Grunde einer tiefen, runden Bucht. Als wir ihre Höhe erreichten, blies ein Sturm aus Nordwest gerade darauf zu. Da sie mir durchaus unbekannt war und, soviel ich wußte, schlechten Ankergrund hatte, wäre es verwegen gewesen, sich bei diesem Winde und Wetter hinein zu wagen. Ich steuerte also gegen die Insel Arron, um dort vielleicht einen Lotsen zu finden. Doch zwei Tage kreuzte ich vergebens umher. Infolge meiner weißen Flagge floh alles auf der See vor mir und vom Lande wagte sich niemand zu mir heran. Ich wurde eben für einen Franzosen gehalten. Zuletzt gelang es mir denn, einen Lotsen zu finden, der mich nach Irwin brachte.

Nachdem auch unser Schiffer wieder auf die Beine gekommen war, gingen wir von hier mit Ballast und unter neutraler Flagge nach der Insel Noirmoutier an der westlichen Küste Frankreichs. Dort nahmen wir eine Ladung Seesalz ein und machten uns dann nach Königsberg auf den Heimweg. Leider gerieten wir im Kanal in der Nähe von Dover nach und nach mit sieben englischen Kapern zusammen. Alle diese Schnapphähne – Kerle mit wahren Galgengesichtern – stiegen zu uns an Bord und nahmen alles, was sie brauchen konnten. Kessel und Pfannen, Tauwerk und Segel, Seekarten und Kompaß mußten mit ihnen wandern. Was der eine uns ließ, das nahm der andere. Ja, endlich zogen sie uns sogar die Kleider vom Leibe.

Wir hatten, gegenüber von Dover, beilegen müssen, als mir bei dem letzten unerwünschten Besuche dieser Art ein besonders zudringlicher Taugenichts die langen Schifferhosen von den Beinen streifte. Das hätte ich verschmerzen können, aber bei der Gelegenheit fiel ihm auch ein Notpfennig von etwa dreizehn Rubeln in die Augen. Ich hatte sie ins Hemd genäht, da ich sie dort für sicher hielt. Kaum aber hörte er das Klappern des Silbers, als er gierig zugriff und mir den Hemdzipfel mit seinem Schiffsmesser vom Leibe hieb. Darauf zählte er seine Beute und trieb die britische Großmut so weit, mir davon einen Rubel zurückzugeben.

Ich aber war über diese Behandlung dermaßen erbittert, daß ich augenblicklich das Ruder aufholte, die Segel abbraßte und, da der Wind südlich stand, nach dem Lande zuhielt. »Was soll das bedeuten? Wo hinaus?« fragten die Kerle, die dicht bei mir standen. – »Wo hinaus?« antwortete ich, von Wut überwältigt. »Geraden Wegs nach Dover, wo ihr Schelmengezüchte noch heut am lichten Galgen baumeln sollt!« – Flugs kam auf diese Drohung das ganze Pack aus den unteren Schiffsräumen, wohin sie sich zum Raube begeben hatten. Im dichten Kreise stellten sie sich um mich. Soviel Hände, soviel Pistolen wurden mir auch an den Kopf gehalten. Ihre Messer saßen an meiner Brust. Doch schoß oder stach niemand. Sie rissen mich an den Haaren aufs Deck nieder. Einige hielten mich an Kopf und Füßen fest, andere schlugen mit den flachen Klingen auf mich drein, daß mir Hören und Sehen verging. Endlich hatten sie sich ausgetobt, es gab nur noch ein paar Fußtritte. Und einer, der mir nun auch die Stiefel von den Füßen zog, schlug mir zum Abschluß damit noch um die Ohren. Dann zog er sie sich an und ging mit seinen feinen Gesellen an Bord ihres Kaperschiffes zurück.

Mein Zustand war so jämmerlich, daß man mich für halbtot in meine Koje trug. Nicht genug, daß ich das Schiff nicht mehr führen konnte, kam auch noch in der nächsten Nacht ein mächtiger Sturm auf. Die übrige Mannschaft fühlte sich zu schwach, die Segel einzunehmen. Demzufolge brach auch bald der große Mast und ging mit seiner ganzen Takelage über Bord. Nun trieb das Wrack auf der See und hätte wahrscheinlich auch seinen Untergang gefunden, wenn nicht tags darauf eine holländische Fischer-Schute in unsere Nähe gekommen und bereit gewesen wäre, unser Schiff nach dem Texel und von dort nach Medemblyk zu schleppen. Hier fand sich Gelegenheit, es wieder zu vermasten und in segelfertigen Stand zu setzen.

Als es zugerüstet war, fühlte ich mich noch zu krank und elend, um wieder mit an Bord zu gehen. Ich mußte also in Medemblyk zurückbleiben und begab mich dort zu einem Kompaßmacher, dem ich seine Kunst gründlich ablernte. Dies ist mir später von großem Nutzen gewesen. Zugleich schrieb ich in meine Heimat, und bald forderte mich mein Vater auch auf, ungesäumt nach Kolberg zurückzukommen. Die Gefahr, zum Soldaten ausgehoben zu werden, sei jetzt nicht zu fürchten. Er wisse sich als Bürger-Adjutant dem Festungskommandanten von Heyden besonders geneigt, und es gebe mehr als eine Weise, dem Vaterlande rechtschaffen zu dienen. Überdem stehe der Festung wahrscheinlich binnen kurzem die Belagerung durch die Russen bevor. Es sei also das beste, ich käme nach Hause, um mit meinen Eltern zu leben und zu sterben. Folge ich aber nicht, so möchte ich fernerhin nimmer wagen, mich seinen Sohn zu nennen.

Es blieb mir also nichts anderes übrig, als mich unverzüglich zu Schiff nach Hamburg zu begeben.

Drei oder vier Wochen danach begann die erste von dem russischen General Palmbach geleitete Belagerung meiner Vaterstadt. Obgleich diese Belagerung ernstlich genug gemeint und mit überlegener Kraft begonnen, blieb sie dennoch durch die Entschlossenheit unseres Anführers und seine geschickten Gegenmaßnahmen fruchtlos. Die Russen mußten, nachdem sie eine Menge Pulver unnütz verschossen hatten, nach einigen Wochen wieder abziehen. Sobald aber Kolberg wieder frei geworden, war dort meines Bleibens nicht länger. Ich machte eine Fahrt nach Amsterdam und traf hier meinen alten wertgehaltenen Kapitän Joachim Blank, den ich vor drei Jahren ungern verlassen hatte. Kapitän Blank hatte gerade eine neue Reise nach Surinam vor. Es bedurfte keines langen Zuredens, um auf seinem Schiffe meine alte Stelle als Steuermann anzunehmen. Bei anhaltend günstigem Wetter erreichten wir binnen kurzem die östlichen Passat-Winde und legten die gesamte Fahrt vom Texel bis in den Fluß von Surinam – eine Strecke von zweitausendzweihundert Meilen – in der ungewöhnlich kurzen Zeit von achtundzwanzig Tagen zurück.

Meine Tätigkeit an unserem Bestimmungsort war die gleiche wie die, von der ich schon früher erzählt habe. Ich befuhr beide Ströme in der Kolonie, versah die Plantagen mit den Waren unserer Ladung und brachte von dort Zucker und Kaffee zurück. Ich machte dadurch die Bekanntschaft einer Menge von Plantagen-Direktoren, die großenteils meine näheren oder entfernteren Landsleute waren und mir sämtlich viel Liebe und Güte erwiesen. Ihrer unbegrenzten Gastfreundlichkeit danke ich die vergnügtesten Tage meines Lebens.

Am 1. Dezember 1759 erreichten wir wieder Amsterdam. Unsere Fahrt hatte diesmal ein rundes Jahr gewährt. Von unserer Bemannung, die vierundvierzig Köpfe betrug, hatten wir neun Menschen durch den Tod verloren.

Bald darauf erstand ich ein zwar nicht großes, aber tüchtiges Schiff von fünfundvierzig bis fünfzig Lasten. Es hieß »Der Postreiter«. Sogleich fand ich auch eine erwünschte Ladung von Malz. Es war nach Wolgast bestimmt. Ich säumte also nicht, unter russischen Pässen, meine erste Reise dahin anzutreten.

In Wolgast vertraute mir Herr Cantzler, der Empfänger der Ladung an, daß das Malz für die Preußen in Stettin bestimmt sei. Er bat mich, solange zu verweilen, bis er ein Fahrzeug bekommen hätte, das die Ladung bei Nacht und Nebel dorthin schaffen sollte.

Ich war einverstanden. Als sich aber die Ankunft des Schmugglers von einem Tag zum anderen hinzog, erwachte in mir der Patriotismus. Weshalb sollte ich meinen pommerschen Landsleuten nicht etwas zuliebe tun? So meinte ich denn zu Herrn Cantzler: Mein Fahrzeug ginge nicht tief und wäre wohl geeignet, das Haff und dessen Untiefen zu passieren. Wär es ihm recht, so unternähme ich es selbst, die Ladung nach Stettin zu bringen, da ich diese Gegend hinreichend kenne.

»Mir schon recht!« erwiderte der Handelsherr freudig. »Will er sein Schiff dran wagen, Herr; die Ladung muß gewagt werden! – Wie hoch die Fracht?« – Wir wurden um fünfhundert Taler einig. – »Aber sehe sich der Herr wohl vor!« setzte er warnend hinzu. »Auf dem Haff liegt eine ganze Flotte von schwedischen armierten Schiffen. Das wird Künste kosten!« Der Handel aber war nun einmal abgeschlossen. Und wäre er mir jetzt auch leid, so erlaubte mein Ehrgefühl doch nicht, zurückzutreten.

Zuerst ging ich mit meinem Schiffe die Peene hinauf, bis ungefähr an den sogenannten Bock am Eingange des Haffs. Hier sah ich die schwedische Armierung in einem weiten Halbkreis vor mir liegen, in ihrer Mitte eine Fregatte. Das Ding sah nicht wenig bedenklich aus, und ich mußte meinem Mute wacker zusprechen. Indes peilte ich noch bei Tage mit meinem Kompaß die größte Lücke zwischen den Fahrzeugen aus. Die Nacht fiel rabendunkel ein. Der Wind war frisch; es regnete, und ein Gewitter war heraufgezogen. Alles schien mein Unternehmen begünstigen zu wollen.

Um elf Uhr hob ich den Anker und segelte glücklich und ohne Hindernis durch die Flotte. Aber kaum war ich eine Viertelmeile hinter den Schiffen und glaubte mich geborgen, als unerwartet ein

Schuß fiel. Er kam von einem auf Vorposten ausgestellten Segler, den ich erst jetzt bemerkte. Himmel, wie sputete ich mich, jedes Segel aufzusetzen, das mein Schiffchen nur tragen konnte. Zu meinem Troste und seinen Namen rechtfertigend war es ein trefflicher Segler. Nicht lange aber, so blitzte ein zweiter Schuß auf der Seite auf. Dieser kam von einem anderen Vorposten-Schiffe.

Nunmehr machten beide Fahrzeuge die ganze Nacht hindurch Jagd auf mich. Sie kamen mir so nahe, daß von den unzähligen Kugeln, womit sie mich begrüßten, vier durch meine Segel gingen. Mit Tagesanbruch befand ich mich Neu-Warp gegenüber. Hier aber kamen mir bereits drei von unseren preußischen armierten Fahrzeugen entgegen. Sie lagen gewöhnlich bei Ziegelort und waren durch das nächtliche Schießen alarmiert worden. Unter ihrem Schutze erreichte ich denn auch meinen Bestimmungsort und konnte meine Fracht abliefern.

Während ich hier lag, kam der Friede mit Rußland zustande. Die Konjunktur benutzend, machte ich schnell hintereinander eine Reihe glücklicher Fahrten. So von Stettin nach Kolberg mit Salz, das dort nach der dritten Belagerung sehr fehlte; von Kolberg mit einer Ladung Wein nach Königsberg und wiederum dahin zurück mit Roggen. Meine Rückfracht nach Königsberg bestand außer der erforderlichen Portion Ballast in etwa sechzig Passagieren. Es waren die Frauen und Kinder eines preußischen Bataillons, das nach der Einnahme von Kolberg nach Preußen abgeführt worden war. Diese Menschen begaben sich nun auch dorthin, um mit ihren Männern und Vätern vereint zu sein. Eine bunte, aber nicht eben angenehme Ladung.

Als ich segelfertig war, gab es einen Sturm aus Westsüdwesten, der mir auf hoher See sehr nützlich sein konnte. Es war nur die Kunst, bei solchem Wind zum Hafen hinaus zu kommen. Der Lotse erklärte es für unmöglich. Mein Schiff würde stark beschädigt oder gar rechts am Hafendamme sitzen bleiben und in Trümmer gehen. Der Mann hatte recht. Ich aber verließ mich auf mein gutes und festes Schiff. Da ich das Abenteuer allenfalls auch ohne den Lotsen auf eigne Gefahr wagen wollte, war er endlich bereit, sich meinem Verlangen zu fügen.

Ich hatte ihn vom westlichen Hafendamme an Bord genommen. Er ergriff das Steuer, während ich die Segel aufzog. In der nächsten Minute aber schon warf uns trotz unserer vereinten Bemühungen die erste hohe Woge mit wildem Ungestüm auf die entgegengesetzte Seite, an das östliche Bollwerk. Die nächste Welle hob das Schiff von neuem. Als wir wieder sanken, faßten die hervorragenden Pfahlköpfe des Bollwerks unter die am Steuerbord stehenden Barkhölzer. Die Trümmer davon flogen hoch in die Luft. Zugleich jagte uns der Sturm. Mein Fahrzeug schoß längs dem Damme hin und schnitt an der äußersten Spitze des Dammes die Brandung. Dabei schoß es in fliegender Fahrt durch zwei oder drei hochgetürmte Sturzwellen. Die Verdecke schwammen, und mir selbst standen die Haare zu Berge.

Nun war ich freilich auf See, indes die Verwüstung war jämmerlich genug. Länger als fünfzehn Fuß fand ich die Barkhölzer am Steuerborde glatt abgestoßen; die Rippen des Schiffes lagen frei. Kopfschüttelnd sagte ich zu mir: Ei, ei, Nettelbeck! Das war wohl eben so ein dummer Streich als letzthin, wo du dich durch die schwedische Flottille schlichst! – Ich will nicht leugnen, ich habe dergleichen unüberlegte Stückchen vor und nach dieser Zeit wohl mehrere auf dem Kerbholz gehabt. Gelingen sie, so heißt man ein gescheiter Kerl, obgleich man einen ganz anderen Titel verdient hätte.

Dem Schaden mußte nun sogleich auf irgendeine Weise abgeholfen werden. Nach kurzem Besinnen riß ich eine Persenning in lange, schmale Streifen und nagelte diese doppelt gelegten Lappen über die beschädigten Stellen.

Nachdem ich ein wenig zur Besinnung gekommen war, hörte ich Heulen und Schreien aus dem Schiffsraume. Ich ließ die Luken aufreißen, um zu sehen, was es da gäbe. Nun, die Weiber und Kinder, die da unten zusammengedrängt lagen, hatten genugsamen Grund zum Lamentieren. Bevor ich meinen Schaden hatte ausbessern können, war nämlich eine Menge Wasser in den Raum gelaufen. Da das Schiff bei der hohen See unaufhörlich auf und nieder stieg, spülte der mit dem Wasser vermischte Ballastsand den Raum längs und von einer Seite zur anderen. Die Menschen versanken knietief, ja bis über den halben Leib darin. Ein Mitleid erregendes

Bild. Wir mußten ihnen schnell helfen. Ausgepumpt konnte das Wasser nicht werden, da die Wassergänge nach den Pumpen durch den Ballast verstopft worden waren. Wir mußten es mit Fässern ausschöpfen.

Unsre Fahrt ging indes so pfeilschnell vorwärts, daß ich schon am andern Tage, nachmittags um zwei Uhr, Pillau erreichte und am nämlichen Abend, um neun oder zehn Uhr, in Königsberg anlegen konnte.

Sobald ich mein Schiff repariert hatte, sah ich mich nach neuer Fracht um. Zu der Zeit trafen die Russen, welche das Land seit mehreren Jahren besetzt gehalten, gerade ernstliche Anstalten, Preußen wieder zu räumen. Eine ungeheure Menge von Kriegseffekten sollte nach Rußland heimgeschafft werden. Es herrschte aber ein großer Mangel an Schiffen, da die Fahrzeuge fremder Nationen dazu nicht gezwungen werden konnten und die preußischen Schiffer dem wiederhergestellten Frieden noch nicht trauten.

Weniger bedenklich als andre war ich der erste der sich entschloß, eine Fracht nach Riga anzunehmen. Mir wurden nämlich, was noch nicht dagewesen, zweiundvierzig Silberrubel für die Last geboten, dazu völlige Befreiung von Abgaben und allen Unkosten in Königsberg, Pillau und auch in Riga. Selbst freier Ballast sollte mir im Bestimmungshafen geliefert werden.

Mein gutes Glück, das ich in diesem Jahre mit meinem kleinen Schiffe gehabt hatte, machte mich zuversichtlich. Ich war ein junger Mensch und wollte mich noch besser in der Welt versuchen, um es zu etwas zu bringen. Meinen Plänen nach mußte ich ein neues und größeres Schiff haben, womit ich mich in die Nordsee und über den Kanal hinauswagen konnte, anstatt bloß auf der Ostsee wie auf einer Entenpfütze herumzugondeln. Nebenbei verließ ich mich auch wohl auf mein Geschick, womit ich mir das Glück zu erzwingen gedachte, auch wenn es mir den Rücken kehren wollte. Leider hatte ich damals noch nicht die Erfahrung, daß zum Laufen kein Schnellsein hilft. Erst durch Schaden wird man klug.

Ich verkaufte also meinen kleinen »Postreiter« und setzte mir's in den Kopf, ein funkelnagelneues Schiff von etwa achtzig Lasten in Königsberg auf den Stapel zu setzen. Den größten Teil des Jahres 1763 war ich mit dem Bau beschäftigt.

Ostern 1764 war ich endlich nach vieler Mühe und Sorge mit meinem Schiffbau im reinen. Das Fahrzeug war nun wohl ganz nach meinem Sinn geraten, aber Lust und Freude konnte ich dennoch nur wenig daran haben. Mit den guten Zeiten für die Reederei hatte es ein plötzliches und betrübtes Ende genommen. Noch im Jahr zuvor standen die Frachten auf Amsterdam fünfundvierzig holländische Gulden. Jetzt aber, da durch den Frieden in allem Verkehr eine Totenstille eingetreten war, kostete es Mühe, eine Fracht dorthin um elf Gulden zu finden. Erst im Oktober gelang es mir, auf den genannten Platz für sechzehn Gulden abzuschließen.

Während das Schiff noch beladen wurde, hatte ich einen Unglücksfall. Ich stolperte über ein Ankertau und fiel mir den rechten Fuß aus dem Gelenk. Das Bein schwoll an; ich konnte bald kein Glied mehr rühren. Während daran gezogen, gesalbt und gepflastert wurde, hatte ich die grausamsten Schmerzen auszustehen. An ein Mitfahren war nun gar nicht zu denken. Aber wen sollte ich an meine Stelle setzen?

Zum Steuermann hatte ich einen gewissen Martin Steinkraus angenommen. Er hatte zwar bereits selbst ein Schiff geführt, dabei aber keine Ehre eingelegt. Ein Kolberger gleich mir, war er mir von meinen Landsleuten halb wider meinen Willen aufgedrängt worden. Jetzt, da ich im Bette lag, wurde ich abermals von allen Seiten dermaßen bestürmt, daß ich mich endlich betören ließ, diesem Menschen für die Reise nach Amsterdam mein Fahrzeug anzuvertrauen. An guten Ermahnungen und Instruktionen ließ ich es nicht fehlen. Auch gab ich ihm zweihundert Gulden, um sich damit in Pillau frei in See bringen zu lassen.

Desto verwunderlicher kam es mir vor, als das Kontor von Seif & Co. in Pillau mir eine Anweisung von zweihundert Gulden präsentieren ließ, welche mein Schiffer bar auf meine Rechnung bezogen hatte. Er war kaum von Königsberg abgegangen und hatte drei Tage vor Pillau gelegen. Später kamen noch verschiedene ähnliche Anweisungen, insgesamt etwa über dreihundert Gulden, die er zum Teil bar aufgenommen, zum Teil für allerlei Schiffsbedürfnisse verwandt hatte.

Ich hatte kaum noch Zweifel, daß dieser Mensch es auf Betrug abgesehen hatte. Im Januar 1765 bekam ich aus Gotenburg die Hiobspost: Schiffer Steinkraus sei dort eingelaufen, habe Havarie angemeldet und daraufhin gleich zweitausend Gulden aufgenommen. Im Februar schrieb man mir: Schiffer Steinkraus habe die zur Ausbesserung nötigen Gelder auf sechstausend Gulden erhöhen und sich ausbezahlen lassen.

Jetzt ward mir der unsaubere Handel denn doch zu arg und zu bunt! Wollte ich mein Eigentum nicht verlieren, so mußte ich persönlich dem unverschämten Räuber einen Zügel anlegen. In dieser Absicht fuhr ich nach Amsterdam, wo ich ihn schon zu treffen gedachte. Doch mehrere Wochen mußte ich auf ihn warten. Erst in den letzten Tagen des Aprils ließ mir Schiffer Johann Henke aus Königsberg, der auch im Hafen lag, sagen: Steinkraus sei soeben angekommen. Jetzt begab ich mich sofort nach dem Hafen. Meine Maßnahmen hatte ich bereits im Voraus sorgfältig überlegt.

In der Ferne sah ich mein Schiff liegen. Ich ließ mich zu ihm fahren, fand aber auf dem Verdeck keine lebendige Seele. Ich ging einige Minuten umher und sah mir Masten, Taue, Segel und Anker an. Es waren die alten wohlbekannten Gerätschaften. Immer weniger konnte ich begreifen, was denn mit den aufgenommenen ungeheuren Summen daran geändert oder verbessert worden wäre.

Endlich ließ sich der Schiffsjunge blicken. Er machte große Augen, als er seinen Herrn und Meister so unverhofft vor sich sah.

Halb aus Treuherzigkeit, halb aus Furcht, erzählte er mir mehr, als mir lieb war und ich zu wissen verlangte. Sein Schiffer hätte sich mit den übrigen Leuten sogleich nach der Ankunft an Land begeben. Um meinen guten Freund Steinkraus zu überraschen, postierte ich mich am Bollwerk dem Schiffe gegenüber. Nach etwa zwei Stunden, die mir lang und sauer genug wurden, erschien auch ein Trupp betrunkener Matrosen. Es war meine Mannschaft. Hinter ihnen her taumelte der Schiffer Steinkraus. Mich beachtete niemand. Dies lustige Leben schien die gewöhnliche Tagesarbeit aller zu sein. Wie mußten sie mit meinem Gute gewirtschaftet haben!

Ich wartete, bis sie sämtlich in die Schaluppe steigen wollten, um nach dem Schiffe überzusetzen. Dann klopfte ich dem Schiffer unversehens auf die Schulter und rief. »Willkommen in Amsterdam!« – Er blickte sich um und ward starr und blaß wie ein Bildsäule, als er mich endlich erkannte. Ich blieb höflich und gelassen, wie bitter mir's auch ankam, meinen gerechten Zorn zu verbeißen. Ehe ich gegen ihn losfuhr, mußte ich mir erst seine Gotenburger Havarierechnung vorlegen lassen, um zu wissen, ob und wie diese bei meinen Assecuradeurs zu rechtfertigen war. Sie hatten auf mein Schiff achttausend holländische Gulden gezeichnet. Jene Havarie aber betrug, soviel ich bis jetzt wußte, sogar noch etwas mehr als diese Summe.

Ich begleitete ihn nun an Bord, ließ die Ladung löschen und das Schiff bis auf den untersten Grund leer machen. Hier vermißte ich denn zunächst achtzig eichene Planken, die ich in Königsberg zum Auslegen des Schiffsbodens mitgegeben hatte. Der Schiffer gab die Auskunft, daß sie in Gotenburg mit der übrigen gelöschten Ladung an Land gekommen seien. Dort habe sie die Mannschaft ohne sein Wissen von Zeit zu Zeit heimlich beiseite gebracht und heimlich verkauft. Die Mannschaft hinwiederum behauptete, der Schiffer selbst habe die Planken verkauft.

Nicht besser stand es um einen Schiffsanker von achthundert Pfund, der mir auf meiner früheren Reise am Bollwerk zu Pillau im Sturme zerbrochen war. In Königsberg hatten die beiden Stücke nicht wieder zusammengeschmiedet werden können. Ich hatte sie denn Steinkraus mitgegeben, um dies in Amsterdam bewerkstelligen zu lassen. Auch dieser Anker war abhanden gekommen. Bei näherer Untersuchung ergab sichs, daß mein getreuer Stellvertreter das größere Stück davon und die Matrosen das kleinere an den Mann zu bringen gewußt und das Geld unter sich geteilt hatten.

Nunmehr sah ich auch die Gotenburger Papiere über die Havarie durch, und da standen mir wahrlich die Haare zu Berge. Sie befanden sich in der greulichsten Unordnung, als ob sie mit Vorbedacht verwirrt worden seien, um jede klare Einsicht unmöglich zu machen. Konnte ich meinen Assecuradeurs diese Rechnungen vorlegen? Sie würden sie ja von Anfang bis zu Ende für nichtig erklären. Den Schuft Steinkraus einsperren zu lassen, wie er's verdiente, war nicht ratsam. Dann würden jene Versicherer Betrug wittern und mich selbst in das böse Spiel verwickeln.

Allein, ich mußte den Burschen bei Tag und Nacht wie meinen Augapfel hüten, durfte ihn aber mein Mißtrauen nicht merken lassen. Nichtsdestoweniger entschlüpfte er mir zwei Tage später auf der Börse, wo es bekanntlich immer ein dichtes Getümmel gibt. Die Börsenzeit ging zu Ende: aber kein Steinkraus war zu sehen! Auch an Bord hatte er sich nicht begeben. Er war und blieb verschwunden.

Durch sein Entlaufen schien die Lage, die vorher schon kritisch gewesen, rettungslos für mich zu werden. Ich hatte meinen Assecuradeurs die Havarierechnung des Schiffers vorlegen müssen. Selbst wenn alles in bester Ordnung gewesen wäre, hätten sie guten Grund gehabt, den Kopf zu schütteln und sich zu besinnen, ob sie zur Zahlung einer so enormen Summe verpflichtet wären. Nach Steinkraus' Verschwinden wiesen sie jede Anforderung auf das bestimmteste zurück. Sie verlangten, daß ich ihnen vor allen Dingen den Schiffer zur Stelle schaffe, der die Havarie gemacht hätte. Er selbst müsse Rede und Antwort geben. Mit ihm und nicht mit mir hätten sie es zunächst zu tun.

Zufällig las ich in diesen Tagen nun in einem holländischen Zeitungsblatt eine Anzeige, in welcher stand, daß zu Schlinger-Want jenseits des Yssel ein ertrunkener Mann gefunden worden sei. Dessen Kleidung und nähere Kennzeichen waren zugleich angegeben. Der Prediger des Ortes, von welchem der Mann dort begraben worden war, forderte hier die etwaigen Angehörigen dieses Verunglückten auf, der Kirche die wenigen Begräbniskosten zu entrichten.

»Himmel!«, dachte ich bei mir selbst. »Wenn dieser Ertrunkene vielleicht der Steinkraus sein sollte!« – Tag und Zeit und manches von den angegebenen Merkmalen ließen es beinahe annehmen. Hatte ihn sein Gewissen zu einer Verzweiflungstat getrieben oder hatte er sich, um sich den Blicken aller Bekannten zu entziehen, unvorsichtigerweise aufs Wasser gewagt und dort seinen Untergang gefunden?

Immerhin schien mir sein Tod unter diesen Umständen ein Glücksfall; und wie gern glaubt man, was man wünscht! Ich war also bald überzeugt, daß hier von niemand anders als von meinem Schiffer die Rede sei.

Ließ sich nun auf diese Art erweisen, daß der Mann nicht mehr unter den Lebenden war, mit welchen meine Assecuradeurs einzig und allein ihren streitigen Handel ausmachen wollten, so mußten sie auch seine Rechnungen annehmen oder beweisen, daß es sich hier um einen Betrug handelte. Dies aber durfte ihnen schwer fallen, wenn nicht unmöglich sein.

Ich als Reeder war hingegen befugt, mich buchstäblich an meine Police zu halten und auf volle Entschädigung zu dringen. In der Form war dann das Recht auf meiner Seite, doch ob auch dem Wesen nach – darüber hatte ich einige Bedenken, die ich nicht sofort loswerden konnte. Daß der Steinkraus bei der Havarie mit Lug und Trug zu Werke gegangen sein müsse, war nicht klar zu beweisen, schien jedoch nur zu glaublich. Mein eigenes Gewissen war gleichwohl rein und frei.

Wir fuhren also sofort nach Schlinger-Want hinüber und suchten den Ortsprediger auf. Ich machte ihm nun meine Anzeige, daß jener ertrunkene Mann, nach den angegebenen und von mir noch näher bestimmten Kennzeichen, mein Schiffer gewesen sei. Ich käme in der Absicht, ihm die aufgewandten Begräbniskosten dankbar zu vergüten. Sie betrugen einundzwanzig Gulden und wurden freundlich angenommen. Ich bekam dafür eine Quittung in Form eines Totenscheines und ging nunmehr getrost meines Weges.

Aufgrund dieses Dokumentes ließen sich meine Versicherer zu neuer Verhandlung herbei. Nach einigem Hin- und Widerreden kam es denn auch endlich zu einem Vergleich. Ich ließ die Hälfte meiner Forderung nach und zeichnete viertausend Gulden Bodmerei auf mein Schiff; wogegen meine Herren Assecuradeurs die andere Hälfte an die Bodmerei-Geber in Gotenburg zahlen wollten.

So kam ich bei diesem schlimmen Handel noch glücklich genug davon. Ich behielt mein Schiff und konnte damit nach Lust und Belieben fahren, um meine Scharte wieder auszuwetzen. Ich beschloß, mit Ballast nach Noirmoutier zu gehen, dort eine Ladung Salz für eigene Rechnung einzunehmen und demnächst in Königsberg loszuschlagen. Die Gelder zum Ankauf jener Ware wollten mir meine Amsterdamer Korrespondenten, die schon genannten Herren Kock und van Goens, gegen Bodmerei auf Schiff und Ladung in Frankreich besorgen. Anfang Mai lief ich aus dem Texel. In der Mitte des Monats kam ich vor Noirmoutier glücklich vor Anker.

Hier traf ich drei Schiffe, deren Kapitäne sämtlich zu meinen guten Freunden gehörten, nämlich Neste, mit einem Dreimaster aus Danzig, und Fries und Jantzen, beides Königsberger. Alsbald kamen sie auch zu mir an Bord. Sie brachten mir die unerwünschte Nachricht, daß das Salz hier knapp sei. Nach längerer Beratschlagung hielten wir es für das richtigste, uns auf die nächstgelegenen Salzhäfen Croisic, Bernif und Olonne zu verteilen, um dort, wenn möglich, besseren Markt zu finden. Das Los sollte entscheiden, wer hier zu bleiben und wohin ein jeder zu gehen und vorläufig seinen Handel für alle abzuschließen hätte.

Das Los bestimmte, daß ich nach Croisic zu fahren hätte. Diese Fahrt war nicht nur die weiteste, sondern auch sehr gefährlich. Sie geht durch das offene Meer, ohne durch Vorgebirge oder eine Insel geschützt zu sein. Mein im Texel gekauftes Boot ward nun sofort über Bord gesetzt.

Mit einem herzhaften »Nun, mit Gott!« stieß ich ab. Ehe wir noch fünfzig Klafter gesegelt waren, ward's mir allerdings klar, daß ich meine Jolle überladen hatte.

Bis ich um die kleine Insel Piquonnier herumkam, ging auch alles gut. Hier aber rollte mir die See von der Seite her in langen und hohen Wogen mächtig entgegen. Der steife Wind stand von dort her gerade aufs Land, und es sah ganz danach aus, daß wir hier mit Gemächlichkeit ersaufen könnten.

Nach vier, fünf Stunden brach die Nacht herein. Mit der Dunkelheit schien auch der Wind stärker zu werden. Keiner von uns sprach ein Wort, aber meine Matrosen drängten sich immer näher an mich. Da wir an der Mündung der Loire schon vorüber waren, in die ich mich sonst geflüchtet hätte, steuerte ich auf die Küste zu. Die Jolle schoß wie ein Pfeil durch die Wogen. Nach einer halben Stunde hörten wir auch schon das schreckliche Gebrüll der Brandung. Angestrengt blickten wir nach dem weißen Schaum aus. Allein die Nacht war so finster und unser Fahrzeug flog so schnell dahin, daß wir uns plötzlich mitten in der Brandung befanden. Ehe wir uns auch nur besinnen konnten, erblickten wir kurz hinter uns den schäumenden Kamm einer Woge, die sich bis zur Höhe unseres Mastes aufbäumte, dann brausend über uns niederschoß und uns in ihren Abgrund mit sich riß.

Nun trat die See für paar Augenblicke zurück. Ich bekam den Kopf in die Höhe und meine Füße spürten Grund. Ehe die nächste Welle wiederkehrte, hatte ich mich besonnen. Ich hielt stand, und da sie mir diesmal nur bis unter die Arme reichte, so konnte ich dem Strande zueilen und war bald in Sicherheit. Meine beiden Gefährten hatten gleichfalls Glück. Nur unsere Jolle war in die See zurückgerissen worden, bis sie endlich kieloben an Land trieb. Doch alles, was darin gewesen war, ging verloren. Wir mußten uns begnügen, unser Fahrzeug am Strande so hoch hinauf zu ziehen, daß es von den Wellen nicht mehr erreicht werden konnte.

Hierauf gingen wir landeinwärts einem Lichte zu, das wir in der Ferne schimmern sahen. Bei einem Bauern fanden wir Unterschlupf. Am Morgen begaben wir uns mit unserem Wirte zum Strande zurück, um nach unserer Jolle zu sehen. Wir fanden sie noch auf der alten Stelle. Da die See noch nicht wieder fahrbar geworden war, wußten wir nicht, was wir mit unserem Boote beginnen sollten. Aber unser Bauer, dem ich mich durch einen meiner Matrosen verständlich machen konnte, half uns aus der Verlegenheit. Wir befanden uns hier anderthalb Meilen von Pollien. Dieser Ort ist ebenfalls ein Salzhafen und liegt etwa zwei Meilen von Croisic entfernt. Nach Pollien wollte der Bauer nun unser Puppenfahrzeug über Land transportieren, indem er es zwischen zwei von seinen Eseln hinge.

Wirklich hielten er und seine Esel redlich Wort. In dem lustigsten und nie gesehenen Aufzuge zogen wir in Pollien ein. Die ganze Stadt lief zusammen. Ich ließ mir den angesehensten Salzhändler des Ortes nennen und ging sogleich zu ihm. Der Kaufmann Charault nahm mich sehr freundlich auf. Und bald konnte ich auch eine volle Ladung für alle vier Schiffe, das Muid zu vierundfünfzig Livres, ausmachen; und zwar dortigen Maßes, welches noch um fünf Prozent größer ist als auf Noirmoutier. Ich durfte mir also schmeicheln, einen vorteilhaften Handel abgeschlossen zu haben.

Ich hatte am 12. Juni an meine Korrespondenten Kock und van Goens in Amsterdam geschrieben, daß sie mein Schiff mit zweitausend Gulden versichern sollten. Sechs Tage später wiederholte ich diese Order mit dem Bemerken, daß ich bereits segelfertig läge und nur auf einen günstigen Wind warte. Zum Überfluß ließ ich am 22. Juni noch ein drittes Aviso ab. Ich sei in diesem Augenblicke bereits auf See. Zur Sicherheit erinnerte ich noch einmal an mein Verlangen.

Am 24. Juni überfiel mich schon ein so harter Sturm, daß ich nur vor einem kleinen Sturmsegel unterm Winde liegen konnte. Eine besonders schwere Sturzwelle zertrümmerte das Steuerruder. An ein Ausbessern auf offener See war nicht zu denken. Um das Schiff gleichwohl nach Möglichkeit auf Kurs zu halten, suchte ich es mit den Vorder- und Hintersegeln zu zwingen. Da aber der Wind geradezu aufs Land stand, waren wir genötigt, Segel über Segel zu setzen, um nur das Schiff hart an den Wind zu halten und vom Legerstrande fern zu bleiben. Trotzdem liefen wir bald in den Wind, bald wieder davor. Durch die Unmenge Segel bekamen auch Stangen und Masten schier über ihre Kräfte zu tragen.

Und gar bald geschah, was ich gefürchtet hatte: mit einer schweren Böe, die sich plötzlich erhob, brach der große Mast, acht oder zehn Fuß überm Deck, gleich einer Rübe entzwei und stürzte samt der ganzen Takelage über Bord. Das ganze Gewirr von Rundhölzern – Mast, Stangen und Rahen – stieß nun unaufhörlich und mit solcher Kraft gegen die Seiten des Schiffes, daß wir jeden Augenblick erwarteten, Planken und Spanten zertrümmert zu sehen. Wir mußten schnell alles Tauwerk kappen, das mit dem gestürzten Mast noch zusammenhing.

Unser schwer beladenes Schiff trieb jetzt gleich einem Klotz auf dem Wasser. Die Wellen überspülten es unaufhörlich. Selbst die Kajüte schwamm beständig voll Wasser. Unsere Lebensmittel wurden naß. Auch unsere Ladung mußte leiden, da wir das eindringende Wasser selbst mit beiden Pumpen kaum zu bewältigen vermochten.

Des anderen Tages, sobald das Wetter ruhiger geworden war, hoben wir unser Bugspriet aus und befestigten es, so gut es gehen mochte, an dem Stumpf des abgebrochenen Mastes. Daran zogen wir dann ein paar Segel auf, die wir noch vorrätig hatten. Um nun das fehlende Steuerruder irgendwie zu ersetzen, ließ ich einen großen Klotz an einem etwa zwanzig Klafter langen Ankertau vom Hinterteil aus treiben. Gleichfalls wurden Taue von jeder Bugseite mit diesem Klotz verbunden. So ließ sich das Schiff notdürftig steuern, obwohl wir freilich keinen ordentlichen Kurs halten konnten. Vielmehr trieben wir bei anhaltendem Ostwind immer weiter auf das atlantische Meer hinaus. Unser größtes Glück war es, daß wir das Schiff dicht behalten hatten.

Sechs Wochen lang waren wir auf diese Weise hilflos auf dem Weltmeer umher gekreuzt. Am 6. August ereilte uns ein gewaltiger Weststurm. Das Wetter ward so furchtbar, wie ich es nie wieder erlebt habe. Unsre größte Besorgnis aber war, daß wir bei Nacht gegen die Lewis-Inseln mit ihren zahlreichen Klippen geworfen werden könnten. Unsre Furcht schwand erst, als wir uns am 9. August zwischen den orkadischen Inseln gegenüber Fairhill befanden. Da auch zugleich der Wind nach Nordwesten ging, so hofften wir die norwegische Küste zu erreichen und dort Hilfe zu finden.

Am 13. sahen wir denn auch die Küste. Mitten zwischen steilen Klippenwänden trieb unser Schiff, wie von unsichtbaren Händen gelenkt, in eine Bucht, wo ich Ankergrund und stilles Wasser fand. Sieben ewiglange Wochen waren wir ohne Mast und Ruder, unter Hunger, Durst und stetem Todeskampf umhergetrieben.

Unser Nothafen hieß Bommel-Sund, wie wir noch in der nämlichen Nacht von einigen Leuten erfuhren, die vom Land zu uns an Bord kamen. Sie waren mir auch behilflich, das Schiff noch tiefer in die Schären hinein in Sicherheit zu bringen. Am Morgen fuhr ich selbst an Land, um mir Hilfe zu suchen. Es fehlte mir geradezu an allem, um von der Stelle zu kommen. Doch Mast, Ruder und Takelage, wie ich es brauchte, war in dieser Gegend nicht zu haben. So mußte ich mir Fahrzeuge und Leute annehmen, die mich langsam zwischen den Klippen weiterbugsierten. Endlich gelangte ich denn in den Hafen von Fahresund.

Hier wandte ich mich an das Handelshaus Lund & Co., welches mir auch half, mein Schiff wieder in gehörigen Stand zu setzen. Um nichts zu versäumen, ließ ich vor allen Dingen mein Schiffsvolk eine gerichtliche Erklärung über die erlittenen Unglücksfälle während dieser Reise ablegen. Zudem versah ich mich mit den übrigen erforderlichen Zeugnissen und übersandte dies alles meinen Korrespondenten in Amsterdam. Ich trug ihnen auf, mir auf Grund der Versicherung meines Schiffes einen Kreditbrief über die Summe zu schicken, wie ich sie zur Ausbesserung des Schiffes erforderlich glaubte.

Da empfing ich von den Herren Kock und van Goens ein Schreiben, worin sie mir empfahlen, mich in meinen Ausgaben, soweit es ging, zu menagieren; es wäre ihnen nicht möglich gewesen, für mein Schiff und meine Ladung eine Versicherung abzuschließen. – Als hätte der Blitz vor meinen Füßen eingeschlagen, so überraschte und erschütterte mich dieser trockene Bericht! Zugleich aber gingen mir auch die Augen auf über das Schelmenstück, das man mir gespielt hatte. In der sichersten Jahreszeit und auf einem Platz wie Amsterdam sollte für keine Prämie, hoch oder niedrig, eine mäßige Assekuranz zu beschaffen gewesen sein? Und wenn in Holland kein Mensch sein Geld an eine so geringe Gefahr hätte setzen wollen, stand meinen Beauftragten nicht Hamburg, Kopenhagen oder London, kurz, jeder andere Handelsort frei und offen? – Es war klar – und in diesem Urteil hatte ich alle Sachverständigen auf meiner Seite -, daß die feinen Herrschaften es für zuträglicher gehalten hatten, die Assekuranz gar nicht auszubieten. Sie hatten das im Vertrauen auf meine Tüchtigkeit und die anderweitigen günstigen Umstände gewagt. Wäre die Fahrt glücklich abgelaufen, wie zu hoffen gewesen war, so hätten sie nicht vergessen, mir die Versicherungsprämie gehörig anzurechnen. Nun aber, da ich Havarie hatte, benahmen sie sich wie Schurken.

Ich saß in der Klemme und mußte abermals auf Schiff und Ladung Geld aufnehmen. Ich hatte indes die Hoffnung, das saubere Paar ihrer Unlauterkeit zu überführen und so wieder zu meinem Gelde zu gelangen. Ich ging also in See und langte bald darauf glücklich in Königsberg an. Kaum aber hatte ich dort meine Ladung Salz gelöscht, als auch der Bodmerei-Geber sein auf das Schiff vorgestrecktes Geld zurückforderte, welches sich mit allen Nebenausgaben auf die Summe von siebentausend Talern belief Da ich nun auch noch in einigen andern Schulden steckte, so kam ich von Tag zu Tag immer mehr ins Gedränge, zumal an ein schleuniges Ende des Prozesses nicht zu denken war, den ich zunächst gegen Kock und van Goens in Amsterdam angestrengt hatte.

Hier war vielmehr ein Federfechten begonnen, das Jahr und Tag dauerte und immer bunter und verwickelter wurde. Endlich wurde mir der Handel und die Rabulisterei für meinen armen schlichten Menschenverstand zu arg. Ich packte meine dicken Prozeßakten zusammen und legte sie in tiefster Devotion Sr. Majestät dem Könige vor. Ich bat ihn inständigst, sich seines allergetreuesten Untertanen anzunehmen und diesen Prozeß gegen Kock und van Goens durch den preußischen beglaubigten Minister im Haag erledigen zu lassen.

Während meine Sache diesen gemächlichen Gang ging, mußte ich, um meine Gläubiger zu befriedigen, zuvörderst meine Ladung, dann aber auch mein schönes liebes Schiff samt allem, was ich um und an mir hatte, zu Geld machen. Als unschuldiges Opfer eines schändlichen Betruges stand ich da und konnte kaum das Hemd auf dem Leibe mein eigen nennen.

Drei mühselige Jahre blieb mein Schicksal in dieser Schwebe. Gott weiß, wie sauer, ja bitter sie mir geworden sind. Endlich ging vom Preußischen Gesandten im Haag ein großes Schreiben an mich ein. Es verkündigte, mein Prozeß sei in letzter Instanz glücklich gewonnen. – Gottlob! hätte ich aus tiefster Brust erleichtert gerufen, wäre damit nicht eine Hiobsbotschaft verbunden gewesen. Es hieß weiter in dem Schreiben: Kock, der eine meiner Widersacher, sei gestorben und nun sei der Bankrott des Hauses ausgebrochen. Auf alle Effekten sei von den übrigen Gläubigern Beschlag gelegt worden, und zur Befriedigung meiner Forderungen wäre leider nichts übrig geblieben.

So war ich denn ein ruinierter Mann. Ich hatte mir die schönsten Jahre meines Lebens gleichsam stehlen lassen, hatte mir den Leib unaufhörlich voll geärgert und mochte nun in Gottes Namen wieder von vorn anfangen!

So machten ich mich denn im Jahre 1771 als Passagier nach Holland auf den Weg. Ich hatte die gewisse Zuversicht, daß ich in diesem Land auf alle Fälle ein besseres Fortkommen finden werde.

Wenn irgend möglich, wollte ich an die Küste von Guinea. Die Art des Handelsverkehrs war mir bei meiner ersten Ausfahrt bereits bekannt geworden. Ich war darauf aus, mich auf irgendeinem dorthin bestimmten Schiff als Obersteuermann zu verdingen. In Amsterdam zwar gab es hierfür in diesem Augenblick keine Gelegenheit.

Als ich mich aber durch Freunde und Bekannte an das Haus Rochus & Copstadt in Rotterdam empfehlen ließ, ward ich mit den Reedern einig, auf einem ganz neuen Schiff namens »Christina« unter Kapitän Jan Harmel als Obersteuermann die Fahrt nach der Küste von Guinea anzutreten.

Im November des nämlichen Jahres gingen wir von Goeree unter Segel. Unsre Ladung bestand aus solchen Artikeln, welche die Afrikaner gegen Sklaven, Goldstaub und Elefantenzähne am liebsten einzutauschen pflegen. Die Schiffsmannschaft betrug hundertsechs Köpfe. Das Schiff führte vierundzwanzig Sechspfünder mit, weil Holland damals mit dem Kaiser von Marokko in Mißhelligkeiten geraten war. Allen Schiffen, die des Weges fuhren, war deswegen auch aufgegeben worden, sich gegen etwaige Überfälle der Korsaren gehörig auszurüsten. Aus dem nämlichen Grunde versäumten wir auch nicht, sobald wir in den Ozean gekommen waren, unser Schiffsvolk täglich in der Bedienung des Geschützes und in anderen kriegerischen Handgriffen zu üben. Jeder an Bord wußte, wohin er gehörte und wie er anzugreifen hatte, wenn es mit den Marokkanern zum Schlagen käme.

Inzwischen fuhren wir an Madeira und Teneriffa vorbei, passierten die Kapverdischen Inseln und erblickten am 24. Dezember die Küste von Guinea. Wir liefen nach der Sierra Leona hinauf und warfen endlich am 4. Januar 1772 vor Kap Mesurado Anker.

Bevor ich in meinem Lebensberichte fortfahre und mich zu den kleinen Abenteuern wende, die mir an der afrikanischen Küste begegnet sind, will ich ein wenig über den Sklavenhandel erzählen. »Wie?« wird vielleicht mancher fragen; »Nettelbeck ein Sklavenhändler? Wie kommt ein so verrufenes Handwerk mit seinem ehrlichen pommerschen Herzen zusammen?« – Allein dies Handwerk stand zu damaliger Zeit bei weitem nicht in einem solchen Verrufe. Erst seitdem man, besonders in England, wider den Sklavenhandel als einen Schandfleck der Menschheit geschrieben und im Parlament gesprochen hat, ist das der Fall. Und wenn dieser Handel nun entweder ganz abgekommen ist oder doch mit heilsamer Einschränkung getrieben wird, so ist der alte Nettelbeck gewiß nicht der Letzte, der seine herzliche Freude darüber hat. Vor fünfzig Jahren aber war und galt dieser böse Menschenhandel als ein Gewerbe wie andere, ohne daß man viel über seine Recht- und Unrechtmäßigkeit grübelte. Wer sich dazu brauchen ließ, hatte die Aussicht auf einen harten und beschwerlichen Dienst, aber auch auf leidlichen Gewinn. Barbarische Grausamkeit war damit nicht unbedingt verbunden und fand auch wohl nur in einzelnen Fällen statt. Ich wenigstens habe nie dazu geraten oder geholfen. Freilich sah ich oft genug Roheit und Härte; aber die waren mir leider überall, wohin mich der Seemannsberuf führte, ein nur zu gewohnter Anblick.

Zum besseren Verständnisse des Folgenden wird es erforderlich sein, einige Worte über den Negerhandel zu sagen, wie er damals von den Holländern betrieben wurde.

Da hier Menschen als Ware angesehen wurden, mußten solche Artikel gewählt werden, welche den Schwarzen am unentbehrlichsten waren. Schießgewehre aller Art und Schießpulver in kleinen Fässern nahmen hierunter die erste Stelle ein. Fast ebenso begehrt war Tabak, sowohl geschnitten als in Blättern, samt irdenen Pfeifen; auch Branntwein. Dann kamen Kattune von allen Sorten und Farben in Frage sowie leinene und seidene Tücher, von denen sechs bis zwölf zusammengewirkt waren. Ebensowenig durfte ein guter Vorrat von linnenen Lappen fehlen, die dort als Leibschurz getragen werden. Den Rest der Ladung machten allerlei Kurzwaren aus; so kleine Spiegel, Messer aller Art, bunte Korallen, Nähnadeln und Zwirn, Fayencesachen, Feuersteine, Fischangeln und dergleichen.

Einmal gewöhnt, diese verschiedenen Artikel von den Europäern zu erhalten, können und wollen die Afrikaner sie nicht missen. Sie sind darum unablässig darauf bedacht, sich die Ware zu verschaffen, welche sie dagegen eintauschen können. Also ist auch das ganze Land immerfort in kleine Parteien geteilt, die sich in den Haaren liegen und alle Gefangenen, welche sie machen, entweder an die schwarzen Sklavenhändler verkaufen oder sie unmittelbar zu den europäischen Sklavenschiffen führen. Wenn es ihnen an solcher Kriegsbeute fehlt, greifen ihre Häuptlinge, die eine despotische Gewalt über ihre Untertanen haben, auch diejenigen auf, welche sie für die entbehrlichsten halten. Oder es geschieht, daß der Mann sein Weib, der Vater sein Kind und der Bruder den Bruder auf den Sklavenmarkt zum Verkauf schleppt.

Man wird leicht begreifen, daß es bei solchen Raubzügen an Grausamkeit nicht fehlt und daß sich alle diese Länder dabei in dem elendesten Zustand befinden. Ebensowenig aber kann auch geleugnet werden, daß die erste Veranlassung zu all diesem Elend von den Europäern herrührt, welche durch ihre eifrige Nachfrage den Menschenraub bisher begünstigt und unterhalten haben.

Die zu diesem Handel ausgerüsteten Schiffe pflegten längs der ganzen Küste von Guinea zu kreuzen. Sie hielten sich unter wenigen Segeln stets etwa eine halbe Meile vom Ufer. Wurden sie dann am Land von Negern erblickt, welche Sklaven oder Elefantenzähne zu verhandeln hatten, so machten diese am Land ein Feuer an, um dem Schiff durch den aufsteigenden Rauch ein Zeichen zu geben, daß es vor Anker ginge. Zu gleicher Zeit aber warfen sie sich auch in ihre Kanus und kamen an Bord, um die zur Schau ausgelegten Waren zu mustern. Gingen sie dann wieder, so versprachen sie, mit einem reichen Vorrat von Sklaven und Zähnen wiederzukommen.

Gewöhnlich erschienen sie mit ihrer Ware am nächsten Morgen. Das Fahrzeug, welches die verkäuflichen Sklaven enthielt, war in der Regel noch von einem halben Dutzend andrer begleitet. Die Menschen darin hatten alle einen Anteil an der unglücklichen Ware. Allein nur acht oder höchstens zehn wurden mit den Sklaven an Bord gelassen. Die übrigen umschwärmten in ihren Kanus das Schiff und vollführten ein tolles Geschrei.

Nun wurden die Gefangenen in näheren Augenschein genommen. Bei den männlichen waren die Ellenbogen auf dem Rücken dergestalt hart zusammengeschnürt, daß oft Blut und Eiter an den Armen und Lenden hinunterlief. Erst auf dem Schiff wurden sie losgebunden, damit sie der Schiffsarzt genauer untersuchen konnte, ob sie unverkrüppelt, von fester Konstitution und bei voller Gesundheit waren.

Hierauf wurde denn unterhandelt. Zuvor aber bekamen sowohl die Verkäufer, die sich auf dem Verdeck befanden, als ihre Kameraden in den Kanus Tabak und Pfeifen gereicht, damit sie lustig und guter Dinge würden und sich freilich auch um so leichter betrügen ließen.

Die europäischen Tauschwaren wurden den Schwarzen stets nach dem höchsten Einkaufspreis mit einem Aufschlag von fünfundzwanzig Prozent angerechnet. Nach diesem Tarif galt damals ein vollkommen tüchtiger männlicher Sklave etwa hundert holländische Gulden; ein Bursche von zwölf Jahren und darüber ward mit sechzig bis siebzig Gulden und ungefähr zu gleichem Preis auch eine weibliche Sklavin bezahlt. War sie jedoch noch nicht Mutter gewesen und ihr Busen noch von jugendlicher Fülle und Elastizität (und daran pflegt es die Natur bei den Negerinnen nicht fehlen zu lassen), so stieg sie auch bis auf hundertzwanzig und hundertvierzig Gulden im Werte. Die Verkäufer bezeichneten stückweise die Artikel, welche sie von den ausgelegten Waren haben wollten. Der holländische Einkäufer zog hingegen fleißig seinen Preiskurant zu Rate, um nach dem angenommenen Tarif nicht über neunzig Gulden hinauszugehen, wobei auch der gespendete Branntwein samt Tabak und Pfeife nicht unberücksichtigt blieben. Weigerte er sich weiter zuzulegen und ließ sich höchstens noch ein Stück Kattun abringen, so ward der Rückstand des geforderten Menschenpreises vollends mit geringeren Waren und Kleinigkeiten und zuletzt noch mit einem Geschenk von Messern, kleinen Spiegeln und Korallen ausgeglichen. Bis zum Abschluß des Handels gab es viel Streit, Fluchen und Lärm. Wenn die eigentlichen Wortführer bei den Negern auch nur zwei oder drei sein mochten, so mußten sie sich doch immer mit ihren Gefährten in den Kanus verständigen, die an dem Erfolg der Unterhaltung alle gleich stark interessiert waren. Hatten sie dann endlich die eingetauschten Waren in Empfang genommen, so packten sie sich wieder in ihre Fahrzeuge und eilten lustig, wohlbenebelt und unter lautem Hallo dem Strande zu.

Der arme Sklave, um welchen gehandelt worden war, saß nun auf dem Verdeck und sah sich mit steigender Angst in eine neue, unbekannte Hand übergehen, ohne zu wissen, welches Schicksal ihm bevorstand. Die meisten dieser Unglücklichen hatten nie zuvor das Weltmeer erblickt, auf dem sie nun schwammen; sie hatten auch nie solche weißen und bärtigen Männer gesehen, in deren Gewalt sie geraten waren. Nur zu gewiß glaubten sie, wir hätten sie gekauft, um uns an ihrem Fleisch zu sättigen.

Sobald die Verkäufer vom Schauplatz abgetreten waren, gab der Schiffsarzt den erhaltenen Sklaven ein Brechmittel ein, damit die seither ausgestandene Angst nicht nachteilig auf ihre Gesundheit wirkte. Aber begreiflicherweise konnten die gewaltsamen Wirkungen dieser Prozedur jenen vorgefaßten schrecklichen Wahn ebensowenig beseitigen wie die eisernen Fesseln an Hand und Fuß, die man den männlichen Sklaven anlegte. Gewöhnlich kuppelte man sie überdies noch paarweise zusammen, indem man durch einen in der Mitte jeder Kette befindlichen Ring noch einen fußlangen eisernen Bolzen steckte und fest vernietete.

Die Weiber und Kinder verschonte man mit ähnlichem Geschmeide. Sie wurden vorne in der Schiffsback in ein festes Behältnis eingesperrt, während die erwachsenen Männer ihren Aufenthalt dicht daneben zwischen dem Fock- und dem Großmast fanden. Beide Behälter waren durch ein zweizölliges eichenes Planwerk voneinander gesondert, so daß sich die Weiber und Männer nicht sehen konnten. In diesem engen Verwahrsam brachten sie jedoch nur die Nächte zu. Bei Tage war ihnen gestattet, in freier Luft auf dem Verdeck zu verweilen. Auf ihre Behandlung während der Überfahrt nach Amerika werde ich noch zurückkommen.

Der bedeutendste Handelsartikel an dieser Küste sind hiernach die Elefantenzähne, von welchen auch der ganze Landstrich zwischen Kap Palmas und Tres Puntas den Namen »Zahnküste« führt. Habe ich die Erzählungen der Eingeborenen recht verstanden, so gehen sie in Rudeln von etwa dreißig Personen in die landeinwärts gelegenen Wälder auf die Elefantenjagd. Ihre Waffen bestehen hauptsächlich in fußlangen zweischneidigen Säbelklingen, die sie auf den Schiffen einhandeln und zu diesen Jagden an langen Stangen befestigen. Haben sie ein solches Tier aufgespürt, so suchen sie es entweder zu beschleichen oder treiben es mit offener Gewalt auf Dann trachten sie einzig dahin, ihm den Rüssel der seine vorzüglichste Schutzwehr ausmacht, an der Wurzel abzubauen. Oder sie zerschneiden ihm die Sehnen an den Füßen, um es so zum Fallen zu bringen. Ist der Feind solchergestalt überwältigt, wird er vollends getötet. Man haut ihm die Zähne aus, und der Rumpf bleibt als willkommene Beute für die Raubtiere und das Gevögel liegen.

In einem anderen Landstrich dieser Negerländer wird auch einiger Handel mit Goldstaub oder vielmehr kleinen Körnern dieses Metalls getrieben. Diesen Landteil nennt man die Goldküste. Das Gold wird entweder aus dem Flußsand gewaschen oder von der reichen Natur dieses heißen Bodens oft dicht unter dem Rasen dargeboten. Dieses Geschäft war jedoch weder beträchtlich noch sonderlich gewinnreich. Es wird deshalb auch dem Obersteuermann bei seinen kleinen Nebenfahrten für eigene Rechnung anheimgestellt. Dafür aber war es ihm gestattet, Waren im Betrage von sechshundert holländischen Gulden mit an Bord zu nehmen. Ich selbst hatte mich zu diesem Privathandel mit allerlei Kurzwaren, etwa fünfhundert Gulden an Wert, versehen.

Denn zu gleichem Handel wie dem an Bord des Schiffes selbst, wurden auch noch mehrere Boote ausgerüstet und abgeschickt, welche sich bis auf fünfzig Meilen und mehr entfernten und oft mehrere Wochen an der Küste umherkreuzten. Sobald die Guineafahrer sich dem wärmeren Himmelsstrich näherten, begannen die Schiffszimmerleute die Schaluppen und Schiffsboote für ihre künftige Bestimmung instand zu setzen. Sie brachten ein Verdeck darauf an und richteten alles so ein, daß sie sich auf See zu halten vermochten. Holz und Planken hierzu wurden schon von Holland mitgenommen und zwischendecks bereit gehalten. Die Besatzung eines solchen Fahrzeugs bestand aus zehn bis zwölf Mann unter Führung des Obersteuermanns oder eines andern Schiffsoffiziers. Auch war so ein Boot mit einigen Drehbassen und kleinerem Handgewehr wohl versehen.

Die Aufgabe dieser Boote war, stets in einiger Entfernung vor ihrem Schiffe zu fahren und möglichst viel einzuhandeln, damit die gewünschte volle Ladung schneller zusammengebracht und der Aufenthalt an diesen ungesunden Küsten um so mehr abgekürzt würde. Sowie nun ein solches Fahrzeug seine mitgenommenen Waren und seine Lebensmittelvorräte erschöpft oder genügend eingetauscht hatte, kehrte es an Bord seines Schiffes zurück, um sofort für eine neue Reise ausgerüstet zu werden. Es war ein sehr anstrengender und beschwerlicher Dienst. Außerdem war er mit mancher Gefahr verbunden. Nicht selten ging ein solches Boot samt der ganzen Besatzung durch einen Überfall der Neger verloren. So war hier höchste Vorsicht erforderlich. Nie wurden mehr als vier Verkäufer zugleich ins Boot gelassen. Auch die übrigen in den Kanus durften nicht zu nahe herankommen. Während der Steuermann mit einem Gehilfen hinten im Fahrzeug den Handel trieb, stand der Rest der Mannschaft vorne mit dem geladenen Gewehr in der Hand.

Noch gefährlicher wäre es gewesen, die Nacht über an dem nämlichen Orte liegen zu bleiben, wo man sich am Abend befunden hatte. Vielmehr mußte man die Ankerstelle immer ändern, um die verräterischen Schwarzen zu täuschen, die unaufhörlich auf einen Überfall sannen. Ebensosehr gebot es die Klugheit, keiner ihrer noch so freundlichen Einladungen zu folgen oder sich etwa in die Mündungen ihrer Flüsse zu wagen.

Wenigstens eins dieser Fahrzeuge hatte zudem die Nebenbestimmung, den aus Europa mitgebrachten Briefsack nach dem holländischen Hauptfort St. George de la Mina zu befördern. Da die ankommenden Schiffe ihre Handelsgeschäfte gewöhnlich bei Sierra Leona anfingen und nur gemächlich längs der Küste weiterfuhren, so währte es oft sechs bis acht Monate, bevor sie selbst dieses Fort erreichten. Dieser Unbequemlichkeit zu begegnen, waren die Schiffer angewiesen, mit den Regierungsdepeschen auch die anderweitige Korrespondenz ohne Aufenthalt in St. George de la Mina abzuliefern.

Diesen Auftrag erhielt demnach auch ich, sobald wir in den ersten Tagen des Jahres 1772 an der Küste von Guinea angelangt waren. Die Barkasse war mit zehn Mann unter meinen Befehlen ausgerüstet und mit Frachten aller Art beladen, besonders aber mit solchen, welche in dem heißen Klima einem schnellen Verderb ausgesetzt waren. So steuerte ich, nachdem ich auch die Vorräte für meinen eignen kleinen Handel eingenommen hatte, bereits am vierten Tage nach unsrer Ankunft dem Schiffe vorausgehend gegen Osten.

Auf dieser Küstenfahrt führte mich mein Weg zunächst nach dem holländischen Fort Axim. Ich hatte dort einen Pack Briefe, europäische Zeitungen und andere Kleinigkeiten abzugeben. Der Befehlshaber des Forts, ein geborener Hannoveraner namens Feneckol, war auf Neuigkeiten aus dem gemeinschaftlichen Vaterlande sehr begierig. Als ich ihm erzählte, daß ich Preuße sei, machte er mich darauf aufmerksam, daß Fort Axim früher eine Besitzung unseres Großen Kurfürsten gewesen und erst im Jahre 1718 durch Kauf an Holland übergegangen sei.

Mein Geschäft an diesem Platze war beendigt. Ich hatte den nötigen Ballast eingenommen und machte mich auf den Rückweg nach Westen. Meinen Kapitän mit dem Schiffe fand ich noch bei Kap Mesurado.

Bevor ich nun zu einer neuen Handelsfahrt abgehen konnte, mußten neue Vorräte von Wasser eingenommen werden. Dieses Geschäft wurde mir übertragen. Bei dem gegenseitigen Mißtrauen aber, welches zwischen den europäischen Schiffen und den Eingeborenen herrscht, ist ein solcher Auftrag ebensowohl mit Beschwerde als mit Gefahr verknüpft. Es erfordert die genaueste Vorsicht, um nicht von den treulosen Afrikanern überwältigt, ausgeplündert und ermordet zu werden.

Das Wasser, dessen man bedarf, muß jedesmal von ihnen am Land erhandelt werden. Man versieht sich hierzu an Bord mit allerlei Kleinkram an Spiegeln, Korallen, Messern, Fischangeln, Nähnadeln, Zwirn und anderm. Dicht am Strande wartet man wohlbewaffnet auf ein zufälliges Zusammentreffen mit den Eingeborenen, um mit ihnen den Preis für jedes Faß Wasser zu verabreden. Das hierzu bestimmte Boot bleibt bis hundertzwanzig Klafter weit vom Lande vor Anker liegen. Die leeren Wassertonnen werden über Bord geworfen, und die Neger stürzen sich in die Brandung, um sie schwimmend an Land zu bringen und nach ihren Brunnen und Wasserstellen zu rollen. Sind sie hier gefüllt und verspundet, so werden sie wieder an den Strand gewälzt. Von dort werden sie von je zwei Negern in die Mitte genommen und schwimmend an Bord gebracht.

Als ich in solcher Expedition zum ersten Mal das Ufer betrat, standen bereits zwölf oder vierzehn Schwarze unseres Empfanges gewärtig. Ihr Anführer kam mir entgegen, bot mir die Hand und sagte zu mir: »Amo King Gorgo!« (Ich bin der König Georg.) Daß er für irgend etwas Besonderes angesehen sein wollte, gab schon sein ganzer Aufzug zu erkennen. Er war mit einer alten, zerrissenen linnenen Pumphose und einer weißen ärmellosen Kattunweste bekleidet. Sein noch größerer Schmuck aber bestand in einer roten und weißen Schminke, womit er sich Gesicht und Hände scheußlich bemalt hatte. Mit diesem Narren und seinen Untertanen wurden wir über den Preis für das Wasserfüllen einig und hielten uns auch des nächsten Tages wacker zu unsrer Arbeit.

Bei dieser Gelegenheit nahm ich am Strande eine Menge Feldsteine wahr, die uns als Ballast für Boot und Schaluppe vielfach nötig waren. Ich schloß also mit den Negern einen neuen Handel über eine Bootsladung solcher Steine ab. Sie suchten sich den Transport zu erleichtern, indem sie ein Kanu dicht auf den Strand zogen und es füllten, soviel es bequem tragen konnte. Dann traten je vier von ihnen an jede Seite des Fahrzeuges. Allesamt warteten sie eine niedrige Welle ab und schoben es schnell in die See, während einer behende hinein hüpfte, um es vollends an unser Boot zu leiten und dort auszuladen.

Noch waren wir mit unsern Stein- und Wassertransporten beschäftigt, als ich eines Morgens mit dem Boot unweit des Strandes zu Anker kam. Da in dieser Weltgegend die Nächte stets zwölf Stunden währen, so kühlt sich binnen dieser Zeit die Temperatur merklich ab, und es weht bis acht und neun Uhr morgens eine ziemlich frische Luft, gegen die die völlig nackt einhergehenden Neger so empfindlich sind, daß sie nicht gerne früher aus ihren Hütten kommen. Wir mußten also geduldig warten.

Unter meinen Gefährten befand sich ein englischer Matrose, der an Land schwimmen wollte, um die säumigen Neger herbeizuholen. Ich fürchtete jedoch, daß ein Haifisch ihn packen könnte, und versagte ihm meine Zustimmung. Mit dem vergeblichen Warten stieg indes unser Mißmut immer mehr. Der Engländer erbot sich zu wiederholten Malen, das, wie er meinte, ganz unbedenkliche Abenteuer zu bestehen. Ermüdet von seinem steten Andringen und hoffend, daß ja nicht gerade jetzt ein solches Ungetüm in der Nähe lauern werde, gab ich endlich meine Zustimmung.

Alsbald warf der Mensch frohen Mutes sein Hemd von sich, sprang über Bord und schwamm dem Lande zu. Allein, kaum hatte er sich zwei Klafter weit vom Boot entfernt, so ward er auch bereits von einem solchen gefürchteten Tiere umkreist. Es warf sich nach seiner Gewohnheit auf den Rücken, ergriff seine unglückliche Beute und zog mit ihr davon. Bald ragte der Kopf, bald Hand oder Fuß des armen Schwimmers über die Wellen empor. Endlich aber verschwand es ganz aus unserm Gesichte. Wir hatten Zeugen dieses gräßlichen Schauspiels sein müssen, ohne helfen und retten zu können. Daß es, als ich wieder an Bord kam, einen tüchtigen, aber auch verdienten Verweis von meinem Kapitän gab, kann man sich wohl vorstellen. Gott wird mir jedoch meine Sünde vergeben. Er weiß am besten, daß ich dies Unglück nicht mutwillig verschuldet habe, sondern wider meinen Wunsch und Willen!

Merkwürdig ist gleichwohl die Versicherung der Neger, die auch durch den Augenschein bestätigt wird, daß keiner ihresgleichen von diesen Haien etwas zu fürchten habe. Man muß wohl annehmen, die schwarze Farbe hielte diese gefräßigen Tiere ab, sie anzufallen.

Noch lagen wir in dieser Küstengegend vor Anker, als sich ein holländisches Sklavenschiff bei uns einfand und gleichfalls dicht neben uns ankerte. Sein Kapitän rief uns zu, daß wir ihn doch mit unserer Schaluppe zu uns herüber holen möchten. Als er an Bord gekommen war, klagte er uns seine drückende Not. Elf Mann seiner Besatzung wären ihm unterwegs gestorben, dazu habe er vierzehn Kranke liegen, so daß er kaum noch fünf gesunde Leute an die Arbeit stellen könne. Er habe seither nicht mehr als achtzehn Sklaven eingehandelt und wisse vor Sorge und Verlegenheit nicht, was er beginnen solle. Sein eigentlicher Wunsch aber war, wir möchten ihm einige von unseren Leuten überlassen. Hieran war jedoch nicht zu denken. Von den Unsrigen wäre freiwillig auch kaum jemand mit einem solchen Tausche einverstanden gewesen. Wir gaben ihm den Rat, er solle versuchen, St. George de la Mina zu erreichen. Das Gouvernement sei verpflichtet, sich seiner anzunehmen.

Als ich ihn zurückbrachte, erzählte er mir noch, daß das Schiff zu Middelburg in Seeland ausgerüstet worden sei; er heiße Harder, sei, gleich mir, Pommer und in Rügenwalde geboren. Mir tat es doppelt leid um den armen Landsmann, als ich auf sein Schiff kam und überall ein Elend und eine Unordnung wahrnahm, wie sie mir noch niemals vorgekommen war. Fast mit Tränen in den Augen trennten wir uns. Sowie ich mich von dem Schiffe entfernte, lichtete es die Anker und ging unter Segel. Doch mochte es kaum eine Viertelmeile gemacht haben, so legte es sich abermals vor Anker.

Mitten in der Nacht aber sahen wir dort Gewehrfeuer aufblitzen und hörten auch allerlei Lärm, ohne zu wissen, was wir daraus machen sollten. Erst als der Tag anbrach, erblickten wir jenes Schiff auf den Strand gesetzt und von unzähligen Negern umschwärmt. Daß sich während der zwei Tage, die wie hier noch liegen blieben, keiner von den Schwarzen zu uns an Bord traute, bestätigte hinrei-

chend unsern Argwohn, daß sie den wehrlosen Middelburger über-
rumpelt, die Besatzung niedergehauen und das Schiff hatten stran-
den lassen, um seine Ladung bequem zu plündern.

Eine solche blutige Gewalttat mag den Leser mit Recht empören.
Dagegen ist aber notwendig in Anrechnung zu bringen, daß dergleichen eigentlich nur als Notwehr oder Wiedervergeltung gegen
nicht minder abscheuliche Überfälle angesehen werden muß, welche sich die Europäer gegen diese Schwarzen gestatten. Besonders
die Engländer sind dafür bekannt, daß sich in ihren Häfen von Zeit
zu Zeit mehrere Rotten von fünfzehn bis zwanzig Bösewichtern
vereinigen, die aus entlaufenen Steuerleuten und Matrosen bestehen und den Sklavenhandel kennen. Sie rüsten ein kleines Fahrzeug
aus, versehen sich mit Schießbedarf und Proviant sowie zum Schei-
ne auch mit einigen Waren, wie sie bei diesem Handel gebräuchlich
sind, und steuern so nach der Küste von Guinea. Kommen hier nun
die Neger an Bord eines solchen Korsaren, um einen friedlichen
Handel abzuschließen, so fallen diese Räuber über sie her und legen
sie samt und sonders in Ketten. Haben sie auf diese Weise dreißig
bis vierzig Unglückliche zusammengerafft, so fahren sie damit nach
Südamerika hinüber, um sie an die Spanier und Portugiesen loszuschlagen. Dort verkaufen sie auch ihr Fahrzeug und gehen nun
einzeln als Reisende mit ihrem ungerechten Gewinn nach England
zurück, um vielleicht unmittelbar darauf ein neues Unternehmen
dieser Art zu wagen.

Solche Raubzüge bringen dem regelmäßigen Handel an der afrikanischen Küste sowie dem gegenseitigem Vertrauen den empfindlichsten Nachteil. Besonders verderblich aber waren sie zu jener
Zeit für den Handel, welchen die Holländer mit ihren Booten betrieben, da die Neger diese von englischen Raubfahrzeugen nicht
hinreichend zu unterscheiden vermochten.

Wenige Tage später befand ich mich vor der Mündung des kleinen Flusses Rio de St. Paul. Zwei Neger kamen in einem Kanu zu
mir heran, um mir den Kauf von zwei Sklaven und einer Kackebobe
(das ist der dort übliche Name einer jungen Sklavin, die noch nicht
Mutter geworden) anzubieten, die sie daheim bewahrten und wohl-
feilen Preises loszuschlagen gedächten. Die Bedingung war jedoch,
daß ich mit dem Boote zu ihnen in den Strom kommen müßte. Sie

lebten mit ihren Nachbarn vom anderen Ufer in offener Fehde, die sie mit ihrer Ware nicht ungehindert passieren lassen würden. Da wir bereits seit mehreren Tagen zu gar keinem Handel hatten kommen können, wollte ich es wagen. Nachdem ich also meine kleinen Böller geladen und die Gewehre zur Hand genommen hatte, ruderte ich getrost auf den Ausfluß zu, während die beiden Schwarzen bei mir im Fahrzeug blieben.

Ein paar hundert Klafter stromaufwärts fand ich beide Ufer dicht mit Gebüsch bewachsen, und der Fluß selbst machte eine Krümmung. Ich hielt es für ratsam, hier vor Anker zu gehen, wie sehr auch meine neuen Begleiter auf die Weiterfahrt drängten. Schließlich fuhren sie in ihrem Kanu ab und kamen mir aus dem Gesichte. Es verging wohl eine Stunde, die ich in immer gespannterer Erwartung verbrachte, als plötzlich ein Schuß fiel und sich gleich darauf ein gewaltiger Lärm erhob. Hierdurch beunruhigt, ließ ich das Fahrzeug seewärts wenden und begann, das Weite zu suchen. Gleichzeitig stürzte sich einer von jenen beiden Negern vom Ufer her in den Strom, schwamm zu uns ans Boot und verlangte, aufgenommen zu werden. »Sie sind da! Sie sind da!« schrie er. »Meinen Bruder haben sie schon in ihrer Gewalt!«

Kaum hatte ich die Strommündung und die Brandung hinter mir, so füllte sich das Seeufer mit einer großen Zahl von schwarzen Verfolgern, die mir eine Menge Kugeln und Pfeile nachschickten. Sie trafen jedoch niemand, wenn auch unsre Segel verschiedene Schüsse empfingen. So kam ich also noch leidlich gut aus einem Abenteuer davon, das mir und allen im Boot den elendesten Tod hätte bringen können.

Was aber nun mit unserm neuen Bootskameraden beginnen? War es auch nach den holländischen Gesetzen nicht gerade bei Lebensstrafe verboten, öffentlichen oder heimlichen Menschenraub zu begehen, so konnte ich mich doch nimmermehr entschließen, sein Zutrauen so schändlich zu mißbrauchen und mich für den verfehlten Handel an seine Haut zu halten. Nachdem ich noch etwa eine halbe Meile längs dem Strande gesegelt war, ließ ich ihn wieder nach dem Lande schwimmen, wo der arme Teufel hoffentlich in Sicherheit gelangt ist.

Während ich nun meinen Handel, bald mit mehr, bald mit weniger Glück, an der Küste fortsetzte, begann mir allmählich das frische Wasser zu fehlen. Da ich auch an Land nichts bekommen konnte, schien es mir Zeit, mich wieder dem Schiffe zuzuwenden. Gleichwohl durfte ich samt meinen Gefährten und den paar erhandelten Negern in der Zwischenzeit von dreizehn Tagen die steigenden Schrecknisse eines unauslöschlichen Durstes unter diesem glühenden Himmel erproben. Wer es nicht selbst erfahren hat, ist nicht fähig, sich dieses Elend in seiner ganzen Größe vorzustellen. Mit dem fehlenden Frischwasser wurden auch unsre trockenen Lebensvorräte an Erbsen, Graupen und anderem für uns unbrauchbar. Denn mit Seewasser gekocht, blieben sie so hart und waren zugleich von so bitterm Geschmack, daß sie wie das heftigste Brechmittel wirkten. Ebensowenig konnten wir unser Pökelfleisch ungewässert kochen und verzehren, ohne unsern grausamen Durst noch zu steigern. Selbst den trocknen Zwieback vermochten wir unaufgeweicht nicht durch den ausgedörrten Hals zu würgen.

Ich erinnerte mich, daß der sparsame Genuß von Branntwein in solchen Fällen ein erprobtes Mittel zur Linderung des Durstes sei. Allein die kleine Probe, die wir damit anstellten, bekam uns gar übel. Die Hitze des Getränks trieb uns soviel Galle in den Magen, daß wir selbst den Mund beständig voll davon hatten und darüber zum Sterben erkrankten. Trotz meiner von jeher gleichsam eisernen Natur befand ich mich am elendsten von allen. Nur unsere Sklaven schienen von dieser Not am wenigsten angefochten zu werden.

Bei Kap la How erreichten wir endlich unser längst ersehntes Schiff. Unsre diesmalige Fahrt, die gleichwohl bis in die fünfte Woche gewährt hatte, war in jedem Betracht ungünstig ausgefallen. Wir brachten nur drei Sklaven und fünf Elefantenzähne mit. Glücklicher war in dieser Zeit das Schiff selbst in seinem Handel gewesen.

Nach Verlauf einiger Tage rüstete ich mein Boot zu einer neuen Fahrt zu. Diesmal durfte ich auch für meinen Privathandel im Einkauf von Goldstaub gewissen Vorteil erhoffen, da wir uns nunmehr vor der sogenannten Goldküste befanden.

So verschwenderisch hat die Natur hier ihr edelstes Metall verbreitet, daß selbst der Seesand davon in hinreichender Menge mit sich führt. Wenn daher vormittags die Sonne hoch genug gestiegen ist, um den nackten Negern die Lufttemperatur behaglich zu machen, finden sie sich zu Hunderten am Strande ein. Sie setzen sich dicht neben dem Ablauf der Wellen ins Wasser und jeder hält eine tiefe hölzerne Schüssel vor sich zwischen den Knien, die zuvor voll goldhaltigen Sandes geschöpft ist. Sie wissen diese Gefäße so geschickt zu drehen, daß jede anlaufende Welle darüber hinspült und etwas von dem leichten Sande über den Rand mit sich fortschwemmt, während das Metall vermöge seiner natürlichen Schwere tiefer zu Boden sinkt. Dies wird so lange wiederholt, bis der Sand beinahe gänzlich verschwunden ist und das reine Staubgold, kaum noch mit einigen fremden Körnern untermischt, sichtbar wird. Ich habe selbst öfters gesehen, daß manche auf diese Weise binnen acht bis zehn Stunden den Wert von sechs bis zwölf und mehr holländischen Stübern auswuschen.

Weiter landeinwärts wird mit dem dort befindlichen goldhaltigen Kiessande auf ähnliche Art verfahren. Diese Erdklumpen werden in die Nähe eines Gewässers getragen und Erde, Sand und Kies so lange durcheinander gerührt und ausgespült, bis die Schwarzen zu dem nämlichen Erfolg gelangen. Hier finden sich nicht selten auch bedeutendere Stückchen Goldes, selbst von der Größe unseres groben Seegrießes. Die Neger nennen es »heiliges Gold«. Sie durchbohren die Stücke, reihen sie auf Fäden und schmücken mit diesen kostbaren Schnüren Hals, Arme und Beine. In so stattlichem Putze zeigen sie sich gerne auf den Schiffen. Oft trägt ein einziger einen Wert von mehr als tausend Talern am Leibe.

Stellen sie ihr gewonnenes Gold auf den europäischen Fahrzeugen zum Kaufe, so werden ihnen zuvor die Waren vorgelegt und über den Wert eine Übereinkunft getroffen. Dieser Wert wird in »Bontjes« bestimmt; das sind etwa eine Erbse schwere Stückchen Gold, die zu sechs Stüber Geldwert berechnet werden. Die Neger bedienen sich ähnlicher Gewichte, welche aber gegen die holländischen jedesmal zu kurz kommen.

Bei diesem Handel gibt es nun ein Streiten und Zanken. Immer noch fehlt etwas – noch etwas, bis man sich zuletzt doch einig wird. Betrogen aber werden die Neger am Ende immer, wie schlau sie es auch anfangen mögen.

Es gab nun noch drei Wochen bis wir endlich vor St. George de la Mina anlangten, um dort unsern letzten Handel abzuschließen. Während wir noch an diesem Platze verweilten, kam eines Tages ein holländisches Schiff auf der Reede vor Anker, welches sofort auch die Notflagge wehen ließ und mehrere Notschüsse abfeuerte. Von allen anwesenden Schiffen konnte indes nichts zu dessen Beistande geschehen, da unsre sämtlichen Kapitäne mit den Schaluppen an Land gegangen waren und wir Steuerleute kein andres Boot zur Verfügung hatten. Doch bald sahen wir, daß vom Fort ein Kanu mit vier Negern eiligst nach dem notleidenden Schiffe ruderte und auch nach Verlauf einer Stunde von dort wieder zurückkehrte.

Zwei Stunden später kam dies nämliche Kanu geradewegs zu mir. Es brachte mir den schriftlichen Befehl des Gouverneurs, mit diesen Negern zu ihm an Land zu fahren. Ich befolgte diese Weisung.

»Da ist soeben der Kapitän Santleven von Vlissingen angelangt und befindet sich in äußerster Drangsal«, hob der Gouverneur an. »Er selbst liegt krank im Bett; seine Steuerleute sind tot; er hat dabei beinahe hundert Sklaven an Bord. Seine Not und Verlegenheit ist dermaßen groß, daß er hat eilen müssen, diese Station zu erreichen. Er will von den hier liegenden Schiffen einen Steuermann erlangen, der die Führung des Schiffes übernehmen möchte. Ich und die übrigen Herren Kapitäne haben Euch, mein lieber Nettelbeck, zu diesem Posten ausersehen.«

Bald waren wir an Bord des Kapitäns Santleven angelangt. Wir fanden ihn bettlägrig und in elender Verfassung. Mein Begleiter stellte mich als denjenigen vor, der ihm bei der Führung seines Schiffes und seiner Geschäfte behilflich sein solle und auf den er sich in allen Fällen verlassen könne. Der gute Mann hieß mich von ganzem Herzen willkommen. Alsbald übergab er mir das völlige Kommando an Bord und ließ mich in seine Papiere und Geschäfte

Einsicht nehmen, damit hier alles wieder mit einem neuen Geist und Leben beseelt wurde.

Nach Beratschlagung mit meinem Kapitän wandten wir das Schiff wiederum gegen die westlicher gelegenen Punkte, um unsre Ladung durch fortgesetzten Handel zu vervollständigen. Das beschäftigte uns bis in den September hinein. In dieser Zeit erholte sich der gute Mann zu meiner nicht geringen Freude merklich und konnte endlich wieder auf dem Verdeck erscheinen. Ich wollte nun mit dem Boote nach dem sechs Meilen von uns entfernten holländischen Fort Boutrou gehen, wo ich mir gleichfalls einigen Handel versprach.

Einige Tage nachher traf ich in Boutrou ein. Ich konnte dort aber nichts Tüchtiges schaffen. Überall war für diesen Augenblick im Handel bereits aufgeräumt. Als ich nach unserm Hauptfort zurückkehrte, waren die meisten Schiffe von dort nach Amerika in See gegangen. Es blieb uns daher nur übrig, uns für die Reise mit Trinkwasser und Brennholz zu versehen und diesem Beispiel ungesäumt zu folgen.

Als ich mich bei dieser Gelegenheit mit meinen Leuten an Land befand, kam ich auch zu einem Kompanie-Neger, der Franz hieß und dessen Bekanntschaft ich unlängst gemacht hatte. Hinter seiner Hütte hatte dieser Mensch eine Art von Gärtchen eingehegt. Mir fiel auf, daß er sich zum öfteren dorthin begab, um mit sichtbarer Sorgfalt an einem Schirm von Bastmatten zu drehen und zu stellen. Meine Neugier erwachte. Ich ging ihm nach und fragte, was er für einen seltenen Schatz hinter dem Schirme hüte. – »Jawohl, einen Schatz!« war seine Antwort. »Ein rares vaterländisches (er meinte damit holländisches) Gewächs!« – Nun erwartete ich wenigstens ein Beet mit den teuersten Haarlemer Blumenzwiebeln vorzufinden. – »Ei, Franz! Das sind ja aber ganz gewöhnliche Grünkohlpflanzen! Und aus den fünf oder sechs Dingern da wirst du schwerlich einmal ein Gericht zusammenbringen!« – »Nun, wer sagt denn auch, daß ich sie essen will. Es ist ja nur der Rarität wegen!« Und dicht neben dieser vaterländischen Rarität lagen Zitronen und Limonen zu Dutzenden im Grase und verfaulten, ohne daß es jemand der Mühe wert gehalten hätte, sie aufzulesen! So verschieden sind die Begriffe von Wert oder Unwert, die wir auf dergleichen Sachen zu legen geneigt sind.

Anfang Oktober endlich verließen wir die afrikanische Küste, um unsrer Bestimmung zufolge den Markt von Surinam aufzusuchen. Zur Beschleunigung der Fahrt wandten wir uns erst südlich, um die gewöhnlichen südöstlichen Passatwinde zu gewinnen. Die Krankheit und die Sterblichkeit, welche unter den Sklaven bei zu langer Dauer der Überfahrt nur zu gewöhnlich einzureißen pflegen, machen eine Abkürzung der Reise wünschenswert. Unsre Ladung bestand aus zweihundertsechsunddreißig Männern und hundertneunundachtzig Frauen, Mädchen und Jungen.

Daß diese Unglücklichen den Tag über in zwei Behältnissen vorn im Schiffe zubringen, habe ich schon erzählt. Vor der Plankenwand, die diese Behältnisse trennt, stehen zwei Kanonen mit der Mündung gegen die Abteilung der Männer gerichtet. Gleich am Anfang werden sie im Beisein der Sklaven mit Kugeln und Kartätschen geladen. Man macht ihnen auch die mörderische Wirkung der Schüsse durch Abfeuern auf einige nahe und entfernte Gegenstände begreiflich. Heimlich aber werden nachher die Kugeln und Kartätschen wieder herausgezogen und die Stücke statt dessen mit Grütze geladen, damit es im schlimmsten Falle nicht gleich das Leben gelte. Denn – die Kerle haben ja Geld gekostet!

Die Weiber und die Unmündigen haben bei Tage ihren Aufenthalt hinter der Wand auf dem halben Deck. Allen ohne Ausnahme wird des Morgens, etwa um zehn Uhr, das Essen gereicht. Je zehn empfangen einen hölzernen Eimer voll Gerstengraupen. Die Stelle, wohin sich jede solche Tischgemeinschaft setzen muß, ist durch einen eingeschlagenen großköpfigen Nagel genau bezeichnet. Alles sitzt um das Gefäß mit Grütze, welche mit Salz, Pfeffer und etwas Palmöl durchgerührt ist. Doch keiner langt früher zu, als bis durch den lauten Schlag auf ein Brett das Zeichen gegeben worden ist. Bei jedem Schlage wird gerufen: »Schuckla! Schuckla! Schuckla!« Den dritten Ruf erwidern sie alle durch ein gellendes »Hurra!«. – Und nun holt sich der erste seine Handvoll aus dem Eimer, dem der zweite, dritte und so fort in gemessener Ordnung folgen.

Ist der Eimer leer, so wird er mit Seewasser gefüllt, damit sie sich Mund, Brust und Hände abwaschen. Zum Abtrocknen gibt man ihnen ein Ende aufgetriebenes Tau. Danach ziehen sie paarweise zu der Süßwassertonne, wo ein Matrose jedem ein Gemäß, etwa ein halb Quart enthaltend, reicht, um ihren Durst zu stillen.

Nach der Mahlzeit und nachdem das Verdeck mit Seewasser angefeuchtet worden ist, kauert sich das ganze Völkchen reihenweise und dicht nebeneinander nieder. Jeder bekommt einen holländischen Ziegelstein in die Hand, womit sie das Verdeck nach dem Takt und von vorn nach hinten scheuern. Unaufhörlich wird ihnen dabei Seewasser über die Köpfe und auf das Verdeck gegossen. Diese etwas anstrengende Übung währt gegen zwei Stunden und hat bloß den Zweck, sie zu beschäftigen, ihnen Bewegung zu verschaffen und sie desto gesünder zu erhalten.

Darauf müssen sie sich in dichte Haufen zusammenstellen, und noch dichtere Wassergüsse strömen auf sie herab, um sie zu erfrischen und abzukühlen. Dies ist ihnen eine wahre Lust. Sie jauchzen dabei vor Freude. In der brennendschwülen Sonnenhitze, der sie ohne alle Bedeckung den ganzen Tag ausgesetzt sind, muß es ihnen auch wirklich für eine wahre Erquickung gelten. Noch mehr aber freuen sie sich, wenn danach einige Eimer, halb mit frischem Wasser angefüllt und mit Zitronensaft, Branntwein und Palmöl durchgerührt, aufs Verdeck gesetzt werden. Mit diesem Gemisch waschen sie sich den ganzen Leib und reiben ihn ein, weil sonst das scharf gesalzene Seewasser die Haut zu hart angreifen würde.

Für die männlichen Sklaven sind ein paar besonders lustige und pfiffige Matrosen ausgewählt, welche für ihren Zeitvertreib zu sorgen und sie durch allerlei Spiele zu unterhalten haben. Dabei werden auch Tabakblätter an sie verteilt, welche in lauter kleine Fetzen zerrissen als Spielmarken dienen und ihre Gewinnsucht mächtig reizen. Aus gleichen Gründen erhalten die Weiber allerlei Korallen, Nadeln, Zwirnfäden, Bandenden und bunte Läppchen. Und auch hier wird alles aufgeboten, um sie zu zerstreuen und keine schwermütigen Gedanken in ihnen aufkommen zu lassen.

Spiel, Possen und Gelärm währen bis um drei Uhr nachmittags fort, wo eine zweite Mahlzeit eingenommen wird. Diesmal gibt es große Saubohnen, welche zu einem dicken Brei gedrückt und gleichfalls mit Salz, Pfeffer und Palmöl gewürzt sind. Die Art der Abspeisung, des Waschens, des Trinkens und Abräumens bleibt die nämliche. Nur wird mit allem noch mehr geeilt, weil unmittelbar darauf die Trommel zum lustigen Tanze gerührt wird. Alles ist dann wie elektrisiert. Das Entzücken spricht aus jedem Blicke; der ganze Körper gerät in Bewegung, und Verrenkungen, Sprünge und Posituren kommen zum Vorschein, daß man ein losgelassenes Tollhaus vor sich zu sehen glaubt. Die Weiber und Mädchen sind indes am versessensten auf dieses Vergnügen. Um die Lust noch zu mehren, springen mitunter selbst der Kapitän, die Steuerleute und die Matrosen mit den leidlichsten von ihnen herum – sei es auch nur, damit die schwarze Ware desto frischer und munterer an ihren Bestimmungsort gelangt.

Gegen fünf Uhr geht der Ball endlich aus. Wer sich dabei am meisten angestrengt hat, empfängt wohl noch einen Trunk Wasser zu seiner Labung. Wenn sich dann die Sonne zum Untergang neigt, heißt es: Macht euch fertig zum Schlafen unter Deck!« – Dann sondert sich alles nach Geschlecht und Alter in die ihnen unter dem Verdeck angewiesenen Räume. Voran gehen zwei Matrosen, und hintendrein ein Steuermann. Sie haben acht, daß die nötige Ordnung genau beobachtet werde. Der Raum ist nämlich dermaßen eng zugemessen, daß sie schier wie die Heringe zusammengeschichtet liegen. Damit die Hitze dort unten nicht bis zum Ersticken steigt, sind die Luken mit Gitterwerk versehen, um frische Luft zur Abkühlung zuzulassen.

Eine Leiter führt zu einer Öffnung in diesem Gitter, die gerade nur weit genug ist, daß zwei Menschen passieren können. Ein Matrose hält mit blankem Haumesser die ganze Nacht die Wache. Er läßt immer nur paarweise aus und ein, was durch irgendein Bedürfnis hervorgetrieben wird. Da jedoch die Rückkehrenden ihre Schlafstelle selten so geräumig wiederfinden, als sie sie verlassen haben, so nehmen Lärm und Gezänke die ganze Nacht kein Ende. Noch unruhiger geht es begreiflicherweise bei den Weibern und Kindern zu. Gewöhnlich muß zuletzt noch die Peitsche den Frieden wieder herstellen.

Aus Gründen, auf die hier nicht näher einzugehen ist, werden meistenteils sechs bis acht junge Negerinnen von hübscher Figur zur Aufwartung in der Kajüte ausgewählt. Sie erhalten ihre Schlafstelle in ihrer Nähe. Begünstigt vor ihren Schwestern sammeln sie allerlei Geschenke an Kattunschürzchen, Bändern, Korallen und

Kleinkram, womit sie sich wie die Affen putzen. Der Matrosenwitz gibt ihnen den Ehrennamen »Hofdamen« und hat für die einzelnen noch diese oder jene spaßhafte Benennung. Bei Tage aber mischen sie sich gerne unter ihre Gefährtinnen auf dem Deck. Man kann dann beobachten, wie jede sofort einen bewundernden Kreis um sich versammelt, in dessen Mitte sie stolziert und sich den Hof machen läßt.

Bekanntlich kommen alle diese unglücklichen Geschöpfe beiderlei Geschlechts splitternackt an Bord. Wie sehr nun auch sonst der Anstand auf diesen Sklavenschiffen verletzt werden mag, so gebietet er doch ihre notdürftige Bedeckung. Die Weiber und Mädchen empfangen daher einen baumwollenen Schurz, der bis an die Knie reicht. Die Männer erhalten einen Leinwandgurt, der eine Elle lang und acht Zoll breit ist und den sie zwischen den Beinen durchziehen und hinten und vorne an einer Schnur um den Leib befestigen.

Ohne widrige Zwischenfälle langten wir Mitte Dezember in dem Flusse Surinam an, wo wir jedoch in einer Entfernung von vier bis fünf Meilen vor Paramaribo ankerten, um die Gesundheitskommission von dorther zu erwarten. Diese muß untersucht haben, ob nicht etwa ansteckende Krankheiten an Bord herrschen, bevor die Einfahrt gestattet werden kann. Bei uns war alles in Ordnung. Wir hatten, was verhältnismäßig wenig ist, in den vier Monaten, die ich mich nunmehr auf diesem Schiffe befand, nicht mehr als vier von unsern Matrosen und sechs Sklaven verloren. Als uns daher jene Herren am nächsten Tage besuchten, fanden sie auch kein Bedenken, uns in die Kolonie zu lassen.

Gewöhnlich schickte der Kapitän solcher Sklavenschiffe bei seiner Ankunft in der Kolonie ein Rundschreiben an die Plantagen-Besitzer und –Aufseher, worin er ihnen seine mitgebrachten Artikel anempfiehlt und die Käufer zu sich an Bord einladet. Bevor diese jedoch anlangen, wird eine Auswahl von zehn bis zwölf Köpfen getroffen, die die Erlesensten unter dem ganzen Sklavenhaufen darstellen. Man kennzeichnet sie durch ein Band, das man ihnen um den Hals schlingt. Sooft ein Besuch sich naht, müssen sie unter das Verdeck kriechen und unsichtbar bleiben. Denn die Politik des Verkäufers erfordert, daß nicht gleich im Anfang das beste Kaufgut herausgesucht werde, und dann der Rest als bloßer Ausschuß gelte.

Haben sich nun kauflustige Gäste eingefunden, so müssen sich die männlichen wie die weiblichen Sklaven in zwei abgesonderten Haufen aufstellen. Jeder sucht sich darunter aus, was ihm gefällt, und führt es zur Seite. Dann erst wird gehandelt, wie hoch der Kopf durch die Bank gelten soll. Gewöhnlich kommt dieser Preis für die Männer auf vierhundert bis vierhundertfünfzig Gulden zu stehen. Auch junge Burschen von acht bis zehn Jahren und darüber erreichen diesen Preis so ziemlich. Ein Weibsbild wird je nach ihrem Aussehen für zweihundert bis dreihundert Gulden losgeschlagen, hat sie aber noch Jugend, Fülle und Schönheit, so steigt sie im Werte bis auf achthundert und tausend Gulden und wird oft von Kennern noch ausschweifender bezahlt.

Der Preis wird entweder sofort bar entrichtet, meist aber durch Wechsel ausgeglichen, oder es findet auch ein Tausch mit Kolonieerzeugnissen wie Zucker, Kaffee und dergleichen statt.

Nachdem allmählich auch die erlesene Ware zum Vorschein gekommen ist, bleibt dann wirklich nur der schlechtere Bodensatz zurück. Dieser wird gewöhnlich ausgeboten. Dazu werden diese Neger an Land auf einen eigenen Platz gebracht, wo ein Arzt jeden Sklaven einzeln auf seine Tauglichkeit untersucht. Der Neger muß auf einen Tisch treten, und der Arzt legt Zeugnis ab, daß er fehlerfrei sei oder daß sich dieser oder jener Mangel an ihm finde. Nun wird geboten und nach erfolgtem Zuschlag bis zu dem letzten aufgeräumt.

Wir hatten indes diesmal bei unserm Handel nur wenig Glück. Es waren nämlich kurz zuvor zwei Sklavenschiffe hintereinander hier gewesen, die den Markt überfüllt hatten. Wir mußten einen vorteilhafteren Platz aufsuchen und unsre Wahl fiel auf die benachbarte Kolonie Berbice.

In Berbice fanden wir leider einen ebenso schlechten Markt. Es lagen dort bereits zwei Sklavenschiffe vor Anker. Wir hielten uns also nur drei Tage auf und steuerten nach St. Eustaz. Diese Insel erreichten wir Mitte Februar. Wir hatten das Glück, hier verschiedene Sklavenkäufer von den spanischen Besitzungen auf der Terra firma anzutreffen, an welche wir unsre Ladung samt und sonders mit Vorteil losschlugen.

Mitte April warf ich vor Vlissingen, wohin das Schiff gehörte, glücklich die Anker. Die Reeder bewilligten mir außer der mir gebührenden Gage noch ein besonderes Geschenk von hundert Gulden.

Im folgenden Jahre erhielt ich vom Kaufmann Höpner zu Rügenwalde eine schriftliche Aufforderung, eines seiner Schiffe unter meine Führung zu nehmen. Ich schlug ein und machte dann für seine Rechnung eine Reihe glücklicher Fahrten nach Danzig, Nantes und Croisic. Von dort war ich wiederum nach Memel bestimmt. Wegen der späten Jahreszeit konnte ich aber diesen Hafen nicht mehr erreichen. Ich sah mich genötigt, in Pillau einzulaufen und dort zu überwintern.

In dieser Zeit schrieb mir der Kommerzienrat B. zu Kolberg wiederholt, ich sollte in seinem Auftrage nach England gehen, für ihn ein Schiff kaufen und damit für seine Rechnung fahren. Diese Spekulation schien nicht übel ersonnen. In dem damaligen Krieg Englands mit seinen nordamerikanischen Kolonien hatte es nämlich auch bereits mit Frankreich und Spanien gebrochen und seine Kaper hatten sich nach und nach vieler feindlicher Schiffe bemächtigt. Alle britischen Häfen waren damit angefüllt, und sie wurden als gute Prisen erklärt. Es war demnach zu erwarten, daß sie spottbillig losgeschlagen werden würden. Ich trug also kein Bedenken, mich auf den Vorschlag einzulassen. Ich forderte nur, Herr B. solle mir für dies Geschäft eine genaue Instruktion erteilen und bei seinen Korrespondenten in London den nötigen Kredit bereitstellen lassen. Er verwies mich an das Londoner Handelshaus Schmidt und Weinholdt, bei welchen ich auch bei meiner Ankunft die verlangte Instruktion vorfinden würde.

Gleich darauf ging ich als Passagier nach London und meldete mich sofort bei den dortigen Korrespondenten meines neuen Prinzipals. Aus deren Händen empfing ich dann auch die Instruktion, wie ich bei meinem Einkauf verfahren sollte.

Nur die wunderlichste Laune konnte dem Manne alle die tausend Bedingungen eingegeben haben, von denen ich kein Haar breit abweichen sollte. Das Schiff, das ich erstände, sollte von hundertfünfzig Lasten sein, nicht größer und nicht kleiner; es durfte nicht älter als zwei, höchstens drei Jahre alt sein; es mußte eine Bauart haben, daß es mindestens mit der halben Last zum Kolberger Hafen hereinkommen könnte; ja sogar ein vollständiges Inventarium war vorgeschrieben, das man bei dem Schiffe zu finden erwartete. Vor allem aber durfte es nicht mehr als vierhundert Pfund Sterling kosten! Wahrlich, ich hätte Tausende zur Verfügung haben können, ohne einen solchen Phönix von Schiff zu finden. Selbst die Herren Schmidt und Weinholdt, an die ich gewiesen worden war, lachten über dies unsinnige Begehren.

Da ich es nun aber einmal angenommen hatte, wollte ich auch meine Schuldigkeit tun. So reiste ich denn in ganz England mit der Post umher, nach allen Häfen, wo nur Prisen aufgebracht worden waren. Ich ging nach Hull, nach Newcastle, nach Leeds, nach Liverpool, nach Bristol, Plymouth, nach Portsmouth, nach Dover – aber ebensogut hätte ich auch zu Hause bleiben können. Endlich stieß ich in London selbst auf ein Schiff, das mir in jeder Weise gefiel und das ich, wenn ihm auch manches mangelte, auf meine eigne Verantwortung kaufen wollte.

Als ich nun bei den Herren Schmidt und Weinholdt den ausgemachten Kredit in Anspruch nehmen wollte, erhielt ich die Antwort: »Lieber Nettelbeck, um Ihnen klaren Wein einzuschenken, müssen wir Ihnen gerade heraus sagen, daß wir auf B.s Order auch nicht ein Pfund zu zahlen gesonnen sind. Wollen Sie aber das Schiff für sich allein und auf Ihren Namen erstehen und uns die Korrespondenz und Assekuranz darauf überlassen, so zeichnen wir für Sie, soviel Sie verlangen. Nur mit B. wollen wir nichts zu tun haben.«

Meine Antwort ist leicht zu erraten. »Ich bin vor Zeiten Herr eines eignen Schiffes gewesen«, sagte ich, »habe aber so ausgesuchtes Unglück damit gehabt, daß ich mirs heilig gelobt, mich nie wieder mit dergleichen zu befassen. Es taugt auch für keinen Schiffer, sein eigner Reeder zu sein, wenn er gleichwohl die Korrespondenz und was dazu gehört, einem Fremden überlassen muß. – Nur, meine Herren, warum haben Sie mir von dem Mißkredit, in welchem mein Prinzipal bei Ihnen steht, nicht früher einen Wink gegeben? Wieviel Zeit, Mühe und Kosten wären da gespart worden!«

Sie gestanden mir nun, sie hätten nimmer geglaubt, daß ich ein Schiff, wie mir vorgeschrieben, auftreiben würde. Sie hätten es darum lieber darauf ankommen lassen. Ich mußte mich mit dieser Antwort zufrieden geben, eröffnete ihnen aber gleich des nächsten Tages, daß ich nach Stettin und von dort nach Kolberg fahren werde, um dem Kommerzienrat Bericht zu erstatten.

»Nach Stettin?« ward ich gefragt. »Das trifft sich wie gerufen. Wir haben ein Anliegen an Sie, lieber Nettelbeck, das Sie uns nicht abschlagen können. Da ist in Stettin der Kaufmann Groß, mit dem wir in Assekuranzangelegenheiten wegen Schiffer Lickfeld verwickelt sind. Schon seit Jahr und Tag scharmützeln wir in Briefen hin und her und können zu keiner Einigung kommen. Wir sind des Handelns nachgerade herzlich überdrüssig. Übernehmen Sie es doch, mit ihm zu reden und in unserm Namen den Zwist so gut als möglich auszugleichen. Machen Sie es mit ihm ab, so gut Sie wissen und können. Wir verlassen uns vollkommen auf Sie!«

»Gut und aller Ehren wert, was Sie mir anvertrauen und von mir erwarten!« erwiderte ich. »Aber kennen Sie den Mann auch? Dieser Groß, meine Herren, ist ein ganz absonderlicher Patron und fängt gar leicht Feuer unter der runden Perücke. Ich entsinne mich seiner gar wohl. Anno 1764 fuhr er noch selbst als Schiffer und lag einen Winter bei uns in Königsberg mit seinem Schiffe. Damals hatte er mit allen Leuten Krakeel und Prozesse. Hat er sich seitdem nicht geändert, so möchte ich lieber ein Kreuz vor ihm schlagen, als mir mit ihm zu schaffen machen.«

Man drang jedoch so anhaltend in mich, daß ich mir endlich die bisher geführten Verhandlungen vorlegen ließ. Da die Sache festen Grund hatte, einigte ich mich mit den Herren. Ich erhielt genügend Vollmacht und machte mich nach Stettin auf den Weg. Mein erstes war es, Herrn Groß aufzusuchen, um den Strauß mit ihm auszufechten.

Der Mann empfing mich mit Herzlichkeit, machte allerdings große Augen, als ich ihm meine Beglaubigung vorlegte. »Hört, Nettelbeck«, sagte er. »nun heiß ich Euch doppelt von Herzen willkommen! Trügt mich nicht alles, so seid Ihr mein guter Engel, der mir endlich die Sorge nehmen wird. Topp! Was ein ehrlicher Mann tun und leisten kann, dazu biet' ich freudig die Hand. Morgen machen wir die Sache ab. Heute aber kein Wort mehr davon, damit wir dies gute Glas Wein nicht verderben.«

So geschah es denn auch am nächsten Tag. Wie erstaunte ich, daß der Mann Vernunft annahm und Gründe gelten ließ. Eine Schwierigkeit nach der anderen verschwand, und in weniger als drei Stunden war eine Vereinbarung getroffen, wie sie das Londoner Haus nimmer erwartet hatte. Die Herren Schmidt und Weinholdt freuten sich denn auch und vergalten mir den ihnen erwiesenen Dienst sehr angemessen.

Noch vergnügter und zufriedener aber war Herr Groß, der mir von Stund an ein sichtbares Wohlwollen zuwandte. »Aber wo wollt Ihr nun hin?« fragte er mich, als ich kam, um ihm meinen Abschiedsbesuch zu machen. – »Nach Kolberg«, gab ich zur Antwort. »Was es dann weiter gibt, wird die Zeit lehren.« – »Hört, lieber Nettelbeck«, fiel er mir ein. »Einen Mann von Eurem Schlag, den hätte ich mir schon längst auf mein bestes Schiff gewünscht. Da! Die Hand eines ehrlichen Mannes, schlagt ein! Nehmt das Schiff, das ich hier auf Stapel stehen habe!«

Was soll ich leugnen, daß dieser Antrag meiner Eigenliebe schmeichelte. Ich nahm an, und wir setzten einen auch für mich sehr vorteilhaften Kontrakt auf.

Nunmehr ging ich auf einige Tage nach Kolberg, um mit B. abzurechnen. Mitte Juni war ich wieder in Stettin, wo ich beim Ausbau meines neuen Schiffes eifrig half. Dennoch konnte es erst im Oktober vom Stapel laufen. Ich hatte eine Fracht Balken und Stabholz abgeschlossen, die ich unverzüglich nach Bordeaux führen sollte. Den kleineren Teil der Fracht nahm ich sofort ein. Mitte November ging ich dann auf die Swinemünder Reede, um den Rest der Ladung zu empfangen.

Dies war in der schon weit vorgerückten Jahreszeit ein äußerst mühseliges und langwieriges Geschäft. Der Hafen war bereits mit Eis bedeckt, und jede Bootsladung Stabholz mußte sich erst vom Weststrand einen Weg durch das Eis nach dem Schiffe bahnen. Vier Wochen vergingen bei dieser Arbeit. Mit dem letzten Boot ging auch ich an Bord, um nun in See zu stechen. Um das Schiff war schon alles mit schwimmenden Eisschollen bedeckt; jeden Augenblick war ein völliges Einfrieren zu befürchten.

Neben mir auf der Reede lag ein Fregattschiff, welches gleichfalls erst in diesem Sommer in Stettin für schwedische Rechnung erbaut worden und nach Gothenburg bestimmt war. Es machte sich gerade fertig, seinen Anker aufzuwinden und die Reede zu verlassen. Wir selbst hatten noch die letzte Bootsladung Stabholz zu verstauen, bevor wir die Ankerwinde bedienen konnten. Gerne wäre ich wenigstens bis zum Sunde in Gesellschaft des Schweden geblieben, um nötigenfalls leichter Hilfe zu leisten und zu empfangen. Ich forderte deshalb den Kapitän des Schwedenschiffes auf, noch eine kleine Stunde auf mich zu waren. Das wollte er aber nicht. Er lichtete seine Anker vollends und fuhr ab.

Kaum hatte er sich eine Meile westwärts entfernt, als ich gleichfalls unter Segel ging. Es gab einen starken fliegenden Sturm, der uns zwar mächtig vorwärts brachte, aber auch die Luft mit dickem Schneegestöber erfüllte. Ich verlor den Schweden bald aus dem Gesichte. Dies Wetter hielt bis zum andern Morgen um neun Uhr an. Wir kamen dicht an das Land von Stevens. Zu unsrer nicht geringen Verwunderung sahen wir das Schwedenschiff auf dem Strande liegen. Die Sturzwellen rollten unaufhörlich drüber her, die Mannschaft hing kümmerlich in den Masten.

Ich selbst hatte alle Not und Mühe, einem gleichen Schicksal zu entgehen und über die Landspitze von Stevens hinauszukommen. Endlich gelang es. Ich erreichte die Kiögerbucht, sah mich aber genötigt, vor stehenden Segeln zu ankern. Am nächsten Morgen schlug der Wind nach Süden um. Ich steckte eine Notflagge auf, um Hilfe vom Land zu erhalten. Mit meinen Leuten allein konnte ich nicht fertig werden. Glücklicherweise eilten auf dies Zeichen zwei Boote mit fünfzehn Mann von Dragoe herbei. Mit ihrer Hilfe erreichte ich glücklich die Reede von Kopenhagen. Während ich mein Schiff wieder instand setzte, langte auch die Mannschaft des schwedischen Schiffes an. Das Schiff selbst war gänzlich verloren gegangen.

In Bordeaux glücklich angelangt, bekam ich eine Fracht von Wein und Zucker, die für Hamburg bestimmt war.

Hier in Hamburg fand ich eine neue Ladung für mich nach Lissabon. Von der Reise selbst ist nichts Besonderes zu berichten. In Lissabon besorgte seit langem der Korrespondent John Bulkeley die Geschäfte des Großschen Hauses. Eines Tages war ich von ihm zur Mittagstafel eingeladen. Auf dem Wege zu ihm kam ich über einen großen Platz, wo ich bereits aus der Ferne ein großes Menschengedränge bemerkte. Ich trat näher und sah ein riesiges Zelt, auf dessen Spitze zu meiner Verwunderung die preußische Flagge wehte.

Das mußte ich mir natürlich genauer ansehen. Ich drängte mich mit Mühe durch den Menschenhaufen, bis ich zum Eingang des Zeltes kam. Dort standen ein paar baumhohe preußische Grenadiere mit ihren hohen blanken Spitzmützen. Fast hätte ich die braven Landsleute hier unter fremdem Himmel treuherzig begrüßt, als ich noch zu rechter Zeit bemerkte, daß mich ein paar Wachspuppen getäuscht hatten. Anscheinend stand ich am Eingang eines Wachsfigurenkabinetts, dem diese martialischen Gestalten nur als Aushängeschild dienten. Neugierig beschloß ich einzutreten. Hinter solchen Türhütern mußte wohl noch mehr stecken, und so war es auch wirklich!

So getreu und natürlich, als ob er lebte, stand mitten im Zelt der alte König Friedrich. Ein Richterschwert hielt er in der Hand, und vor ihm lag ein Mann mit Weib und Kindern auf den Knien, die um Gerechtigkeit zu flehen schienen. Ihm zur Rechten war eine große Waage angebracht. In der einen Schale dieser Waage thronte eine Bildsäule der Gerechtigkeit, welche die andre, die mit Papieren und Akten angefüllt war, in die Höhe gehoben hatte. Zur andern Seite stand eine Gruppe preußischer Generale und Justizpersonen. Im Hintergrunde sah man in großen leuchtenden Buchstaben und in portugiesischer Sprache ein Schild: »Gerechtigkeitspflege des Königs von Preußen«. Darunter aber stand der Name »Arnold«. – Hier war also der berühmte Prozeß des Müllers Arnold dargestellt, der damals in ganz Europa Aufsehen erregt hatte. Wem dennoch das Ganze unverständlich blieb, dem half ein Ausrufer, der die Geschichte laut und pathetisch herzuerzählen wußte.

Alles horchte und schien tief davon ergriffen. Auch mir hämmerte das Herz. Ich wußte mich kaum zu fassen, ich drängte mich dicht an die Gruppe heran, und so gut ich die fremde Sprache radebrechen konnte, rief ich: »Mein König! Ich bin Preuße!« – Diese wenigen Worte fielen den Menschen, die um mich waren, wie Feuer in ihre Herzen. Die ganze Schar umringte mich, sank auf die Knie und hob die Hände zu mir empor. »Gloria dem König von Preußen!« rief der eine. – »Heil ihm!« der andre. – »Heil für die strenge Gerechtigkeit!« »Leuchtendes Beispiel für alle Regenten der Erde! Heil ihm!« Mit jedem Augenblicke vermehrte sich das Geschrei und Getümmel.

Die Tränen drängten sich mir aus den Augen. Ich neigte mich rings herum; ich legte die Hand aufs Herz; ich dankte stammelnd und suchte einen Ausweg durch die Menge. Zwar machten sie mir willig Platz, aber sie folgten mir und riefen: »Vivat der gerechte König!« – Nie in meinem Leben fühlte ich mich geehrter und glücklicher, ein Untertan des großen Friedrichs zu sein! Mein Herz ward mir zu schwer.

Endlich wankte ich wieder die Gasse hinauf, aber mit einem Schweife von Menschen hinter mir, der sich mit jedem Augenblick vergrößerte und den König von Preußen laut hochleben ließ. Mit Mühe flüchtete ich mich in das Haus meines Korrespondenten.

Hierauf erzählte ich meinen Tischgenossen das wunderbare Erlebnis. Ich berichtete auch die Arnoldsche Prozeßgeschichte, so gut sie mir bekannt war. Einer von den Kontoristen versicherte jedoch, über diesen Gegenstand noch genauere Auskunft geben zu können. Er holte eine kleine portugiesische Flugschrift, die in geschichtstreuer Darstellung dem Gerechtesten der Könige bei diesem Volke ein verdientes Ehrenmal setzte.

Einige Tage später sprach mich auf der Börse ein portugiesischer Kaufmann an und bat mich höflich, zu Mittag sein Gast zu sein. Nach der Börsenzeit könne ich dann mit ihm gehen. Ich sagte zu und hatte den Mann kaum aus den Augen verloren, als mehrere Schiffskapitäne mich mit Fragen bestürmten, ob dieser Mann mir etwa bekannter sei als ihnen. Auch sie habe er zu Tische geladen. Ich mußte das verneinen und war gleich ihnen über seinen Einfall sehr verwundert.

Als wir nach der Börsenstunde zusammengerufen wurden, waren wir neun Schiffskapitäne – Dänen, Hamburger, Lübecker, Schwedisch-Pommern und Danziger. Im Hause des Gastgebers fanden wir bereits mehrere Kaufleute versammelt und ein schmackhaftes Mahl bereitet. Es wurde wacker zugelangt und zugleich tapfer getrunken. Unser Wirt verstand die Kunst des Nötigens. Nach aufgehobener Tafel artete es bald in ein Bacchanal aus, wo weder Maß noch Anstand beobachtet wurde. Ich kannte jedoch das Maß, welches ich nicht überschreiten durfte, um bei Verstand und Ehren zu bleiben. Weniger gut kamen die übrigen Herren Kollegen weg. Sie übernahmen sich dergestalt, daß sie zuletzt samt und sonders unter den Tisch sanken.

Etwas verdutzt rieb ich mir am andern Morgen die Augen, als ich unsern Wirt in Begleitung jener Kaufleute bei mir eintreten sah, welche an dem gestrigen Gelage teilgenommen hatten. Sie schüttelten mir die Hand und eröffneten mir lachend: Das gestrige Trinkfest sei von ihnen veranstaltet worden, um unter uns Neunen den rechten Mann zu finden, dem sie als dem solidesten und besonnensten eine Ladung von Wert anvertrauen könnten. Einstimmig wäre die Wahl auf mich gefallen. Und so fragten sie denn, ob ich eine volle Ladung Tee nach Amsterdam übernehmen wolle.

Man kann sich denken, daß ich nicht nein sagte. Es war damals vielleicht eine der reichsten Frachten. Sie konnte nur einer neutralen Flagge anvertraut werden, da nämlich nach und nach auch Holland in den amerikanischen Freiheitskrieg verwickelt worden war und die Engländer alles kaperten, was für einen holländischen Hafen bestimmt und keinen solchen Freipaß hatte. Wir wurden um ein Frachtgeld von sage und schreibe: Fünfunddreißigtausend preußischen Talern einig. Dazu kamen noch fünf Prozent Havarie und zehn Prozent Kapplakengelder. Diese Kapplakengelder sind eine Art Gratifikation, welche der Schiffer von dem Empfänger der Ladung erhält und die gewöhnlich fünf Prozent der Frachtkosten beträgt.

Sowie nun mein Schiff leer war, fing ich an, den Tee einzuladen. Während dieser Zeit suchte mich ein holländischer Kapitän namens Klock auf. Er ersuchte mich, ihn samt seiner Mannschaft als Passagiere mit nach Holland zu nehmen. Da ich sein gutes und rechtliches Wesen erkannte, so stimmte ich von Herzen gerne zu. Ich erbot mich auch, ihm und seinen Leuten bis zu unsrer Ankunft in Amsterdam freie Kost zu geben. Da er mir unterwegs von mannigfachem Nutzen sein konnte, war das Menschen- und Christenpflicht. Dann aber wollte ich auch nicht schlechter an den armen Leuten handeln als der Kaiser von Marokko. Das war nämlich folgendermaßen gewesen:

Kapitän Klock, der in Amsterdam zu Hause war und dessen Schiff Order nach den kanarischen Inseln hatte, fand es der damaligen politischen Lage wegen ratsam, lieber unter der preußischen als unter seiner vaterländischen Flagge zu fahren. Er ging also zuvor nach Emden, gewann dort um eine Kleinigkeit das Bürgerrecht und genoß von dem Augenblick an die Rechte und den Schutz eines preußischen Untertans. So gesichert stach er in See, hatte aber das Unglück, sein Schiff an der marokkanischen Küste durch einen Sturm zu verlieren. Nur kümmerlich rettete er sich mit seinen Gefährten ans Land. Sie wurden zunächst nach Mogador geschleppt und in Ketten gelegt. Ihr Gefängnis war ein schreckliches Loch, wo sie bei Mais und Wasser in schrecklicher Angst über ihr weiteres Schicksal schmachteten. Man hatte sie verständigt: Man wisse nicht, was man mit ihnen und ihrer ans Land getriebenen Flagge beginnen solle. Die Flagge sei daher an das Hoflager des Kaisers gesandt worden; von dort erwarte man ihretwegen eine höhere Verfügung.

Nach neun Tagen endlich erschien vor ihrem Kerkerloch ein gewaltiger Trupp bewaffneter Mauren. Die Fesseln wurden gelöst. Sie wurden jeder auf einen Esel gesetzt, um eine Reise anzutreten, deren Ziel sie nicht zu erraten vermochten. Sie kamen in die Hauptstadt Markokko. Dort gesellte sich ein deutscher Diener zu ihnen, der sie laut Befehl zu dem Kaiser Muley Ismael führte. Hier wurden sie nach einigen gleichgültigen Fragen aufgefordert, sich als Untertanen des Königs von Preußen auszuweisen. Sie beriefen sich auf ihre Flagge.

»Wohl!« lautete die durch den Dolmetscher erteilte Antwort des Fürsten. »Von eurem Monarchen, seiner Weisheit und seinen Kriegen sind so viele Wunderdinge zu meinen Ohren gekommen, daß es mich mit Liebe und Bewunderung gegen ihn erfüllt hat. Die Welt hat keinen größeren Mann aufzuweisen als ihn. Als Freund und Bruder habe ich ihn in mein Herz geschlossen.

Ich will darum auch nicht, daß ihr, die ihr ihm angehört, in meinen Staaten als Gefangene angesehen werdet. Vielmehr habe ich beschlossen, euch frank und frei in euer Vaterland heimzuschicken. Ich habe auch meinen Kreuzern anbefohlen, wo immer sie preußische Schiffe antreffen, ihre Flagge zu respektieren und sie selbst nach Möglichkeit zu beschützen.«

Des andern Tages wurden sie auf kaiserlichen Befehl nach maurischer Weise neu gekleidet. Auch wurde ihnen eine anständige Wohnung angewiesen. Den Kapitän aber ließ Muley Ismael fast täglich zu sich kommen, um eine Unzahl von Fragen an ihn zu richten, die sich ausschließlich auf den großen Preußenkönig bezogen. Z.B.: Von welcher Statur er sei? Wie lange er schlafe? Was er esse und trinke? Wieviel Soldaten, auch wieviel Frauen er halte? Und dergleichen mehr. Der gute Klock gestand, er habe lügen müssen, so gut er gekonnt, um der kaiserlichen Neugierde nur einigermaßen zu genügen. Von allen diesen Dingen wußte er natürlich herzlich wenig.

Nach drei Wochen war der Kapitän durch jene Fragen so in die Enge getrieben, daß er um seine Entlassung bat. Er gebrauchte die Ausrede, er müsse eilen, um seinem König Rede und Antwort zu geben, wie gnädig der Kaiser seine schiffbrüchigen Untertanen behandelt habe und was für freundschaftliche Gesinnungen er gegen ihn hege. Muley Ismael entließ sie einige Tage darauf. Unter sicherer Begleitung sandte er sie nach dem Hafen St. Croix. Dort war dem maurischen Befehlshaber bereits aufgegeben, sie auf das erste abgehende europäische Fahrzeug zu verdingen und die Überfahrt für sie zu bezahlen. So gelangten sie nach Lissabon.

Einige Tage vor meiner Abfahrt nahm mich der holländische Konsul von der Börse mit sich nach seiner Wohnung, da er mir etwas Hochwichtiges zu eröffnen habe. Nach beendeter Mahlzeit zeigte er mir ein kleines Päckchen, etwa in der Größe eines Spiels Karten. Er sagte, es sei mit Rohdiamanten gefüllt, die in Amsterdam geschliffen werden sollten. Seine Absicht sei, mir diesen Schatz anzuvertrauen. Es seien dabei, wie üblich, hundertfünfzehn holländische Gulden Fracht für mich zu verdienen. Ich müsse aber das Päckchen unablässig bei mir tragen und niemand von meiner Mannschaft davon sagen.

Die Sache schien mir leicht, und der angebotene Verdienst war wohl mitzunehmen. Ich versprach also, mich vor meiner Abreise bei ihm einzufinden, um jenes kostbare Päckchen in Empfang zu nehmen. Es wurde dann auch in Gegenwart des Konsuls in meine Uhrtasche eingenäht. Leichten Herzens unterzeichnete ich die Quittung über den richtigen Empfang. Allein, sobald ich das Haus verlassen hatte, fing auch meine heimliche Angst und Sorge an, die die ganze Reise über nicht von mir wichen. Ich wähnte, jeder, der mich ansah, wisse um mein Geheimnis und gehe mit dem Gedanken um, mich zu berauben oder gar zu ermorden. Ich kann wohl sagen, daß ich kein Geld mit größerer Unruhe verdient habe.

Im nächsten Frühjahr neigte sich der amerikanische Krieg seinem Ende zu. Dies beeinflußte sofort auch den bisher so lebhaften Handel der Neutralen sehr ungünstig. Auch ich spürte die Folgen; ich mußte beinah den ganzen Sommer auf der Elbe liegen bleiben, ohne irgendeine mir passende Fracht zu finden. Diesen mir aufgezwungenen Müßiggang benutzte ich dazu, meine Papiere in Ordnung zu bringen und mit meinem Patron, Herrn Groß in Stettin, über sämtliche Reisen, die ich bisher für ihn gemacht hatte, abzurechnen. Ich meldete Herrn Groß auch, daß es mir unerträglich sei, mit seinem Schiffe hier noch länger untätig zu liegen und es im Hafen verfaulen zu sehen. Er möge mir gestatten, Ballast einzunehmen und nach Memel zu gehen, wo ich eine Ladung fichtener Balken für eigene Rechnung einzunehmen gedachte. Ich wollte sie nach Lissabon bringen; dort würden sie meiner Erfahrung nach mit Vorteil abzusetzen sein. Als Rückfracht ließe sich im schlimmsten Fall wiederum eine Ladung Seesalz einnehmen und nach Riga führen.

Herr Groß genehmigte diesen Plan. Da ich meine Leute schon im Winter entlassen hatte, nahm ich neues Hamburger Schiffsvolk an und begann meine Reise nach Memel Mitte August. Als wir zur Elbe hinaus und gegen Helgoland kamen, ward das Wetter regnerisch und stürmisch.

Ich änderte meinen Kurs wieder nach Osten gegen das Kattegat. In der Nacht vom 2. zum 3. September überfiel uns ein dermaßen schrecklicher Sturm aus Nordost, wie ich ihn kaum jemals erlebt habe. Und in dieser Meerenge bedeutete er doppelte Gefahr. Am Abend vorher zählte ich im Umkreise von etwa zwei Meilen nicht weniger als zweiundvierzig Segler, die gleich mir nach dem Sunde steuerten. Der Sturm verstärkte sich von Stunde zu Stunde. Ich konnte schließlich keinen einzigen Lappen Segel führen und mußte mit jeder Woge fürchten, auf eine Klippe zu stoßen, welche es hier meilenweit vom Lande Hunderte gibt. Am nächsten Morgen aber waren von jenen zweiundvierzig Schiffen nah und fern nicht mehr als vierzehn zu erblicken. Gewiß war der größte Teil der fehlenden in dieser entsetzlichen Nacht gescheitert.

Alsbald stieg wieder ein freundliches Wetter auf, das uns glücklich nach dem Sund führte. Und schon am Abend des nächsten Tages gelangte ich mit gutem steifen Wind in Memel an.

Übrigens machte ich in Memel für meinen Patron ein noch besseres Geschäft, als ich gehofft hatte. Anstatt eine Ladung für eigne Rechnung einzunehmen, fand ich Gelegenheit, mit Herrn Kaufmann Wachsen eine leidlich gute Fracht auf Lissabon über eine Partie Schiffsmasten, fichtene Balken und Stangeneisen abzuschließen. Mitte Januar 1783 langten wir diesmal in Lissabon an.

Jetzt mitten im Winter war dort eine vorteilhafte Fracht nicht wieder zu finden. Nach Süden, ins Mittelländische Meer, durfte ich mich nicht wagen, da ich keine Türkenpässe hatte; und in der Nord- und Ostsee hatte der Frost die Schiffahrt unmöglich gemacht. Ich mußte also bis in den Monat März die Hände in den Schoß legen. Da mir auch dann keine Fracht nach meinem Sinne angeboten wurde, entschloß ich mich, eine Ladung Salz für eigne Rechnung zu kaufen und nach der Ostsee zu bringen.

Ich war noch mit dem Einladen beschäftigt, als ein Weststurm mehrere Schiffe von den Ankern trieb. Unter diesen war auch ein unbeladenes portugiesisches Schiff, welches einige hundert Klafter weit vor uns lag. Es rückte meinem Fahrzeug gerade auf den Hals. Da sich dort nur zwei Jungen an Bord befanden, hatten wir Mühe, es nur soweit abzulenken, daß es endlich uns zur Seite zu liegen kam. Trotzdem war bei dem anhaltenden Unwetter nicht zu verhindern, daß es unaufhörlich gegen unsern Bug stieß und drängte. Ich war sehr besorgt, daß beide Schiffe dadurch beschädigt werden könnten. Wir mußten das fremde Fahrzeug von unserm abbringen.

Ich sagte das meiner Mannschaft, und wir machten uns auch sogleich ans Werk. Als wir dazu nun auf das portugiesische Schiff hinübersprangen, bekamen jene beiden Jungen einen Todesschrecken. Sie schrien aus voller Kehle und lockten damit im Nu ihre Landsleute von fünf, sechs der nächstgelegenen Fahrzeuge herbei. Dies Gesindel nahm sich nicht die Zeit, uns anzuhören oder sich mit uns zu verständigen. Augenblicklich gab es ein wildes Zuschlagen auf uns mit Knütteln, Handspaten und Bootshaken, so daß wir auf unser Schiff flüchten mußten.

Doch auch hiermit nicht zufrieden, verfolgten uns unsere Gegner, die die Übermacht hatten, auf unser eignes Verdeck und trieben uns immer mehr in die Enge. Mein Steuermann erhielt einen Schlag, daß er zu Boden stürzte. Ich selbst flüchtete in die Kajüte, während sich meine Leute in ihrem Raum einschlossen, um den Gewalttätigkeiten der Portugiesen nicht mehr ausgesetzt zu sein. Endlich ging die wilde Rotte wieder auf ihre Schiffe zurück. Das portugiesische Schiff aber blieb an meiner Seite liegen. Die ganze Nacht hindurch arbeitete es gegen mein Schiff an und rieb an der Bordwand.

Die Folgen zeigten sich bald. Ganze Planken trieben in Stücken von seiner Seite hinweg; der Fockmast war über Bord gefallen, und der Rumpf neigte sich wie ein zerschelltes Wrack seitwärts. Allein, auch bei mir hatte es Beschädigungen gegeben, die mir die Galle ins Blut trieben. Wie leicht wäre das alles zu vermeiden gewesen, wenn das Recht und die Vernunft nicht der verstandlosen Gewalt hätten weichen müssen.

Als wir zum Tajo herausgekommen waren, stellte sich heraus, daß unser Schiff ein Leck hatte. Das Wasser im Schiff nahm bald so überhand, daß wir unser Fahrzeug mit beiden Pumpen kaum über Wasser halten konnten. Zudem stand der Wind vom Lande, es war also unmöglich, wieder in den Hafen zurückzusteuern.

Wir mußten das Leck ausfindig machen, um ihm womöglich beizukommen und es zuzustopfen. Die Gewässer des atlantischen Ozeans sind in dieser Gegend so klar und durchsichtig, daß man auch in eine größere Tiefe ziemlich deutlich sehen kann. Wir entdeckten dann auch, daß ungefähr vier bis fünf Fuß unter der Wasseroberfläche Späne von der äußeren Haut abstanden. Unstreitig war das ein trauriges Andenken an den Zusammenstoß mit dem portugiesischen Schiffe.

Wir mußten das Leck schleunigst abdichten. Ich ließ sogleich eine von den Zitronenkisten zerschlagen, die wir in Lissabon eingenommen hatten. Ich nahm den biegsamen Boden davon und schnitt dann aus meiner mit Baumwolle gesteppten Bettdecke ein genau so großes Stück. Das Zeug und den Kistenboden teerte und talgte ich auf beiden Seiten und nagelte sie zusammen. Darauf wurden am Rande acht bis zehn Löcher gebohrt und in jedes Loch ein Nagel gesteckt. Diese Nägel umwickelte ich mit etwas Werg, damit sie nicht etwa wieder herausfielen.

Nun sollte sich einer von meinen Leuten rittlings auf den vierbeinigen Bootsanker setzen. Damit wollten wir ihn bis zu dem Leck hinunterlassen, damit er das präparierte Brett über der schadhaften Stelle festnagelte. Aber keiner wollte diese halsbrecherische Wasserfahrt wagen. Nicht einmal um eine Monatsgage, die ich dafür zahlen wollte. Ich machte ihnen klar, daß wir alle ohne Barmherzigkeit ersaufen müßten, wenn sie dies kleine Wagnis scheuten. Ich bat, ich flehte; ich schalt und drohte. Aber die feigen Seelen sahen mich verdutzt an und blieben bei ihrem Kopfschütteln.

»Nun denn!« sagte ich endlich ingrimmig. »So will ich selbst der Mann sein, der sein Leben für euch Feiglinge in die Schanze schlägt!« – Dabei war wenig Prahlerei. Ich hatte als junger Bursche mit meinen Spielkameraden das Schwimmen und Tauchen fleißig geübt und war oftmals bis dreißig Sekunden unter Wasser geblieben. Hoffentlich hatte ich diese kleine Kunst in den drei Dutzend Jahren nicht wieder verlernt. Und sollte ich dennoch ertrinken, so konnte es mir gleich sein, auf welche Weise das geschah.

Ich nahm also getrost meinen Platz auf dem Bootsanker ein, an dessen Tau mich meine Leute hinablassen mußten. Nach meiner Anweisung sollten sie, von dem Augenblick an, wo ich mit dem Munde unter Wasser käme, langsam zu zählen beginnen und mich bei fünfundzwanzig hurtig wieder emporziehen. Ich beeilte mich möglichst; zwei, drei tüchtige Schläge auf jeden Nagelkopf, und das Brett saß fest. Der Sog des Wassers nach innen tat das übrige und trieb die Fasern der Decke in die offenen Fugen. Ich war fertig mit meiner Arbeit, aber meine Leute droben dachten noch immer nicht daran, mich wieder hinaufzuziehen. Endlich, nach einigen Sekunden, brachten sie mich wieder an Gottes freie Luft. So war das Abenteuer glücklich überstanden. Aber hatten wir damit auch etwas gewonnen? Wir eilten an die Pumpen. Sie schafften das eingedrungene Wasser. Es verminderte sich sichtbar. Wir durften es wagen, nur mit einer Pumpe die See zu halten. Unsre Reise ging nun ohne Zwischenfall weiter.

Nachdem wir die Küsten von Dover und Calais aus den Augen verloren hatten, waren wir elf Tage lang von meist stürmischen Winden in der Nordsee umhergeworfen worden. Während der ganzen Zeit hatten wir weder Jütland, noch Norwegen oder sonst ein Land erblickt. Dennoch wagten wir uns um die gefährliche Spitze von Skagerrak ins Kattegat hinein. Es glückte, aber gerade hier überfiel uns nunmehr auch ein schrecklicher Sturm aus Norden, der so hart in unser dicht gerefftes Fock- und Vormarssegel blies, daß bald die Fetzen davonflogen.

Danach wollte sich unser Schiff nicht mehr vor dem Winde steuern lassen. Es sollte eine andre Focke untergeschlagen werden, allein das Schiff arbeitete und schlingerte in der brausenden, kochenden See so gewaltig, daß wir kaum die Augen aufmachen konnten. Das neue Focksegel ward zwar aus der Segelkammer hervorgezogen und an die Rahe geschlagen. Doch sobald die Stange in die Höhe ging, peitschte auch dieses Segel dergestalt um sich, daß es in den nächsten Augenblicken ebenfalls in Lappen davongeführt wurde. Ich schrie meinen Leuten, die oben in den Masten saßen, zu, die Fäuste wie brave Kerle zu rühren und das Segel unter die Rahe zu bringen. »Brandung leewärts!« ward in diesem Augenblick geschrien. Jetzt mußte sich unser Schicksal entscheiden! Da das Schiff dem Ruder nicht mehr folgte, war hier alle Steuerkunst vergebens. Wir wurden in unsern Untergang getrieben, und saßen nach wenigen Augenblicken auf einem Felsen fest. Sogleich auch stürzte die stürmende See über unser Schiff hinweg, daß der Schaum bis hoch an die Mastkörbe spritzte. Es wurde durch die gewaltigen Stöße am Boden durchlöchert und lief voll Wasser. So war denn an ein Abkommen von dieser Klippe und an Rettung des Schiffes gar nicht mehr zu denken.

Auf dem Verdeck konnten wir uns der überflutenden Brandung wegen nicht mehr halten. Wir waren alsogleich sämtlich auf die Masten geflüchtet. Ich machte meinen Unglücksgefährten klar, daß unser aller Heil darauf beruhte, die Schaluppe in unsre Gewalt zu bekommen. Die Rüstigsten sollten hinuntersteigen und die Taue zerschneiden, woran die Schaluppe auf dem Verdeck festgemacht sei. Dann müßten mehrere lange Taue an das Fahrzeug geknüpft werden, deren Enden wir oben im Mast sicher halten würden. So könnte uns die Schaluppe nicht von den Wellen entführt werden, wenn sie über Bord gespült würde.

Sofort kletterten auch drei wackre Kerle hinab und machten die Schaluppe los. Jeder von ihnen knüpfte ein Tau fest und brachte das Ende davon glücklich wieder zu uns in die Höhe.

Schließlich brach, wie wir längst befürchtet hatten, unser Schiff in der Mitte auseinander. Der Fockmast und der Großmast stürzten über Bord. Die acht Menschen, die auf dem Großmast gesessen hatten, konnten sich noch rechtzeitig in Sicherheit bringen. Sie kletterten zu uns. Und so war denn die volle Mannschaft hinten bei mir auf dem Besanmast beisammen.

Jetzt durften wir nicht länger mehr zaudern. Wir zogen die Schaluppe an den Tauen näher zu uns heran und holten die Spitze soweit in die Höhe, daß ein Teil Wasser nach hinten abfließen konnte. Dann stiegen wir der Reihe nach ein, schöpften sie mit unsern Hüten vollends aus und schnitten endlich die Taue durch, die uns noch am Wrack festhielten. Glücklich kamen wir aus dem Labyrinth voll brandender Klippen ins offene Wasser hinaus.

Oft zwar füllten ungestüme Schlagwellen unser Fahrzeug fast zum Sinken mit Wasser an, doch waren wir unermüdlich, es augenblicklich mit unsern Hüten wieder auszuschöpfen. So trieben wir wohin Wind und Wellen wollten. Bis wir endlich die Insel Anholt vor uns zu Gesichte bekamen und hier an der Ostspitze, unweit des Feuerturms, gegen ein Uhr nachmittags auf den Strand setzten.

Mein erstes war, mich in den trocknen Ufersand auf die Knie zu werfen und dem Barmherzigen droben für die wunderbare Erhaltung meines Lebens und meiner Gefährten zu danken. Dann aber stiegen allmählich freilich auch allerlei trübe Gedanken in mir auf. Mein schönes, gutes Schiff war verloren! Wäre mir ein Freund gestorben, sein Verlust hätte mir nicht näher gehen können.

Und wie vieles ging in dieser unglücklichen Nacht mit meinem Schiffe verloren! Zwar mein Reeder in Stettin war zu allen Zeiten ein zu umsichtiger Mann gewesen, um sich nicht auch gegen ein Ereignis dieser Art möglichst zu decken. Ich hatte das Schiff in seinem Auftrage, so oft ich aus einem Hafen abging, assekurieren lassen; so brachte ihm der Verlust keinen wesentlichen Schaden.

Anders lag die Sache bei mir. Dieser Schiffbruch hatte mein eigenes, eben wieder aufkeimendes Glück völlig zertrümmert. Mein Gehalt als Schiffer hatte ich allerdings stets bei meinem Patron stehen lassen; dies ging mir nicht verloren. Allein ein Schiffskapitän hat auf vollkommen rechtmäßige Weise noch so mancherlei Gelegenheit zu Nebenverdiensten. Alle diese kleinen Nebeneinnahmen hatte ich immer wieder in Waren angelegt. Nach und nach kam eine ganze Menge zusammen. So hatte ich diesmal beinah für elftausend holländische Gulden eigene Waren an Bord gehabt. Alles dies war nun mit dem Schiffe verloren gegangen.

Als wir uns nach einer Weile etwas genauer umsahen, erblickten wir auf der Landspitze neben dem Feuerturm ein einzelnes Haus. Wir schritten darauf zu und fanden darin den Feuerinspektor, seine Frau und zwei zur Unterhaltung des Feuers erforderliche Knechte. Erschöpft von den Anstrengungen und niedergedrückt von Kummer und Sorge, sank ich gleich nach der ersten Begrüßung auf das Bett und verfiel in ein halbwaches Brüten.

Nachdem wir uns hier bei unsern freundlichen Gastgebern von unsern schweren Mühseligkeiten erholt hatten, war es hohe Zeit, weiterzumarschieren. Auf dem östlichen Teil der Insel, wo sie am breitesten ist, lag das einzige hier vorhandene Fischerdörfchen, dem ein Schulze vorstand. Er stellte uns dann auch ein Fahrzeug mit ausreichendem Proviant zur Verfügung, mit dem wir am 18. Mai Helsingör erreichten.

Um die Zahlung der Assekuranz zu sichern, schrieb ich hier vor Gericht sofort eine eidliche Erklärung über den Hergang unseres Unglücks nieder. Meine Leute empfingen ihre Löhnung, die ihnen nach den Seerechten gebührt. Da wir aus verschiedenen Nationen stammten, gingen wir nach allen Himmelsrichtungen auseinander.

Nun fuhr ich baldmöglichst nach Stettin, um meinem Patron die unangenehme Nachricht von dem Verluste seines Schiffes zu überbringen und ihm über alles Rede und Antwort zu stehen. Wir rechneten darauf miteinander ab. Ich empfing von ihm meine rückständigen Gelder und begab mich nach Kolberg. Es wurden mir dort verschiedene Schiffe angeboten. Allein die ersten Jahre nach dem amerikanischen Kriege waren für Handel und Schiffahrt so ungünstig, daß unsereiner bei seinem Handwerk weder Ehre einlegen,

noch seinen Vorteil finden konnte. So gab ich denn lieber den Seemannsberuf auf und war darauf bedacht, in meiner lieben Vaterstadt einen ruhigen und bürgerlichen Erwerb mit Bierbrauen und
Branntweinbrennen zu finden, wie es mein Vater seither getrieben
hatte. So mag denn hier auch die Geschichte meiner Seereisen und
Abenteuer schließen.

Die Zeit verging. Das unselige Jahr 1806 kam herbei. Mir als feurigem Patrioten, der sich der alten Zeiten von unsers Großen Friedrichs Taten erinnerte, blutete gleich vielen das Herz bei der Nachricht von dem entsetzlichen Tage von Jena und Auerstedt. Ich hätte kein Preuße sein müssen, wenn ich nicht jetzt Gut und Blut und die letzte Kraft meines Lebens für beides aufbieten mochte. Nicht mit Reden und Schreiben, mit der Tat mußte hier geholfen werden. Jeder auf seinem Posten, ohne sich erst lange feig und klug umzusehen! Alle für einen, einer für alle!

Magdeburg und Stettin, die beiden Herzen des Staates, waren gefallen. Die ungestüme französische Windsbraut zog immer näher und drohender gegen die Weichsel heran. Es ließ sich voraussehen, daß bald genug auch die Feste Kolberg an die Reihe kommen würde.

Kaum war Stettin erobert, so kam von dorther ein französischer Offizier als Parlamentär und forderte (am 8. November) die Festung zur Übergabe auf Dieses Ansinnen wurde zwar mit einer abschlägigen Antwort bedacht, doch der Franzose hätte nur einige hundert Soldaten haben müssen, um ungehindert zu unseren Toren einziehen zu können. Dies scheint unglaublich und ist doch buchstäbliche Wahrheit.

Kolberg war damals ein Städtchen von noch nicht sechstausend Seelen. Es liegt an dem rechten Ufer der Persante, einem kleinen Flusse, welcher nur kurz vor der Ostsee einige hundert Schritte hinauf schiffbar ist. Dort, eine halbe Viertelmeile von der Stadt, bildet er einen Hafen für leichtere Fahrzeuge. Die daran liegenden Wohnungen und Speicher heißen die »Münde«.

Der Platz gewinnt aber eine bedeutende Stärke durch einen breiten morastigen Wiesengrund, welcher sich ununterbrochen von Süden nach Nordosten dicht an der Stadt hinzieht. Er gestattet keine Annäherung durch Laufgräben und kann überdies durch Schleusen tief unter Wasser gesetzt werden. Den Eingang des Hafens deckte an der Ostseite ein starkes Werk, das »Münder-Fort«.

Noch erinnerte sich jedermann an die glückliche Verteidigung durch den tapferen Kommandanten Obrist von Heyden. Dreimal – 1758, 1760 und 1761 – war die Stadt durch die Russen und Schweden zu Land und Meer belagert worden. Und auch das dritte Mal war die Übergabe nicht durch Waffengewalt, sondern nur durch Hunger erzwungen worden. Diese Erfahrungen hatten den König Friedrich bewogen, die Stadt im Jahre 1770 durch verschiedene neue Werke verstärken zu lassen. Ich habe daher den festen Glauben, daß sich Kolberg gegen eine noch so große Feindesmacht zu halten vermag, wenn genügend Proviant vorhanden ist, die Überschwemmung gehörig ausgenutzt werden kann und wenn es von der Seeseite her gesichert ist.

Allein im Herbst 1806 sah es mit allem, was zu einer rechten Verteidigung gehörte, gar trübselig aus. Seit undenklicher Zeit war für die Unterhaltung der Festung so gut wie nichts getan worden. Wall und Graben waren verfallen, von Palisaden keine Spur. Nur drei Kanonen standen in der Bastion Pommern auf Lafetten und dienten allein zu Lärmschüssen, wenn Ausreißer von der Besatzung verfolgt werden sollten. Alles übrige Geschütz lag am Boden, hoch vom Grase überwachsen, und die dazu gehörigen Lafetten vermoderten in den Remisen. Die Zahl der Verteidiger war unzureichend. Die allgemeine Entmutigung wurde durch Flüchtlinge und tausend Unglücksbotschaften genährt. Es fehlte an allem, sodaß ein rascher, kecker Anlauf genügt hätte, jeden ernstlichen Widerstand zu brechen. Unser Kommandant war damals Obrist von Loucadou, ein alter, abgestumpfter Mann, der im bayrischen Erbfolge-Krieg zu dem Ruf gekommen war, ein besonders tüchtiger Offizier zu sein. Späterhin hatte er nur wenig Gelegenheit gehabt, seine Reputation zu behaupten; und er hing noch so blind an dem alten Herkommen, daß er sich in der neuen Zeit nicht zurechtfinden konnte. Ein großes Unglück für uns alle, die wir die Gefahr sahen und ihn aus seinem Seelenschlafe vergeblich zu wecken suchten.

Natürlich konnte uns solch ein Mann kein Vertrauen einflößen. Während alles, was Militär hieß, seinen trägen Schlummer mit ihm teilte, fühlte sich die Bürgerschaft von Unruhe und Besorgnis ergriffen. Man beratschlagte untereinander. Weil ich nun einer der ältesten Bürger war, den Siebenjährigen Krieg erlebt und während der früheren Belagerungen Adjutantendienste beim braven Heyden verrichtet hatte, wählte man mich zum Wortführer. Ich sollte mich als Repräsentant der Bürgerschaft mit dem Kommandanten über alle Maßregeln zur Verteidigung des Platzes genauer verständigen.

Nach dem alten Grundsatz, daß Ruhe die erste Bürgerpflicht sei und alles, was nicht Uniform trage, sich auch nicht um militärischen Angelegenheiten zu kümmern habe, konnte es freilich anmaßend erscheinen, daß wir Bürger bei der Verteidigung unserer Stadt mit dreinreden wollten, doch bei uns in Kolberg war das anders. Von ältester Zeit her waren wir die natürlichen und gesetzlich berufenen Verteidiger unserer Wälle und Mauern. Vormals mußte jeder seinen Bürgereid schwören, daß er die Festung verteidigen wolle mit Gut und Blut. Die Bürgerschaft war in fünf Kompanien eingeteilt, an ihrer Spitze stand der Bürger-Major. Wenn die Garnison in Friedenszeiten ausrückte, besetzte sie Tore und Posten. Und noch immer versammelte sie sich zuweilen in der Maikuhle – weniger freilich zu kriegerischen Übungen, als um sich in diesem lieblich gelegenen Wäldchen zu vergnügen.

Von diesen Verhältnissen hatte indes der Obrist von Loucadou entweder nie gehört, oder sie waren ihm als Nachäffung des Militärs lächerlich und zuwider. Das erfuhr ich, als ich mich vorstellte und ihm im Namen meiner Mitbürger eröffnete, daß wir entschlossen wären, mit dem Militär gleiche Last und Gefahr zu bestehen. Er möge uns demnächst unsere Posten anweisen, wir würden unsre Schuldigkeit tun.

»Macht dem Spiel ein Ende, ihr guten Leutchen!«, sagte er endlich. »Geht in Gottes Namen nach Hause. Was soll mir's helfen, daß ich euch sehe?« – So hatte ich meinen Bescheid und trollte mich.

Bald darauf ging ich wieder zum Obristen. Es sei vorauszusehen, sagte ich, daß es bei der Instandsetzung der Festung auf den Wällen viel zu tun gebe. Die Bürgerschaft würde dabei gerne Hand anlegen. »Die Bürgerschaft! Und immer wieder die Bürgerschaft!« antwortete er mit häßlichem Lachen, »ich will und brauche die Bürgerschaft nicht!«

Solche Äußerungen kehrten uns nicht nur gänzlich von dem Manne ab, sie erweckten vielmehr allerlei Argwohn, der durch ganz frische Beispiele genährt wurde. Wer schützte uns vor Verräterei? Vor heimlichen Unterhandlungen? Um auf der Hut zu sein, wählten wir unter uns einen Ausschuß, dessen Mitglieder sich bei Tag und Nacht an allen drei Stadttoren ablösten, um dort auf alles, was aus- und einging, ein wachsames Auge zu haben.

Inzwischen wurden nun doch von seiten der Kommandantur einige schläfrige Anstalten getroffen. Darum ging ich abermals zum Obristen und machte ihn aufmerksam, welche guten Dienste uns bei den früheren Belagerungen eine Schanze auf dem Hohenberge, etwa eine Viertelmeile vor der Stadt, geleistet hätte. Noch wären die Überbleibsel der Schanze erkennbar, wir seien bereit, sie eiligst wiederherzustellen.

Sonderbar kam mir die Antwort vor, die ich endlich erhielt: »Was außerhalb der Stadt geschieht, kümmert mich nicht. Die Festung selbst werde ich zu verteidigen wissen. Meinetwegen könnt ihr draußen schanzen, wie und wo ihr wollt.« Demnach taten wir nun, was uns nicht verboten war, und taten es mit Lust und Freude. So gelang es uns denn, ein Werk aufzuführen, das sich schon sehen lassen durfte.

Eine andere Sorge war die rechtzeitige und ausreichende Beschaffung von Lebensmitteln für den Fall einer Belagerung. Ich hatte als Bürger-Repräsentant das Amt, Haus bei Haus in der Stadt aufzusuchen und die Bestände an Korn und Viktualien aufzunehmen. Ebenso begab ich mich in die nächsten Dörfer. Ich gab vor, Korn und Schlachtvieh aufkaufen zu wollen, und erfuhr so, was jeden Orts von dieser Gattung vorhanden war. Alles dies schrieb ich auf und ging darauf mit meinen Verzeichnissen zu Loucadou, legte sie ihm vor und bat, schleunigst Anstalten zu treffen, daß diese Vorräte gegen Erteilung von Empfangsscheinen in die Festung geschafft würden. Auf diese gutgemeinte Vorstellung ward ich jedoch sehr hart angefahren: Zu dergleichen Gewaltmaßnahmen sei er nicht autorisiert. Jeder möge für sich selbst sorgen. Eiligst raffte er meine Papiere zusammen und versicherte: Er brauche all den Plunder nicht, und damit Gott befohlen!

In Kolberg – das sah ich wohl – war auf keine Hilfe mehr zu rechnen. Ich entschloß mich also, in Gottes Namen unseren unglücklichen König in Königsberg, Memel oder wo ich ihn finden würde, aufzusuchen und ihm Kolbergs Lage und Not zu schildern. In dieser Zeit gerade traf der Kriegsrat Wisseling in Kolberg ein. Ein Mann, der Kopf und Herz auf dem rechten Fleck hatte. Er sah mit eigenen Augen, wie es hier zuging, und fühlte sich darüber nicht wenig bekümmert. Meine Reise aber mißbilligte er: »Ich begebe mich zum König und werde mein möglichstes tun. Wirken Sie derweilen hier. So Gott will, wird es uns gelingen, den Platz zu retten.«

Täglich fanden sich bei uns noch Versprengte von unseren Truppen ein. Unter ihnen befand sich auch der Leutnant von Schill, der, am Kopf schwer verwundet, nicht weiter konnte. Sobald er wieder ein wenig zu Kräften gekommen war, besahen wir uns den Platz und seine Umgebung. Wir waren uns darüber einig, daß es bei einer erfolgreichen Verteidigung der Festung hauptsächlich auf den Besitz des Hafens ankam. Die sogenannte Maikuhle war die Schlüsselstellung des Hafens. Dieses Lustwäldchen, das sich hart vom Ausfluß der Persante längs den Uferdünen der Ostsee erstreckt, mußte um jeden Preis gehalten werden. Bis zu diesem Augenblick aber war zur Verschanzung dieses entscheidenden Punktes noch keine Schaufel in Bewegung gesetzt worden.

Woher aber Hände nehmen, um dort auch nur einige leichte Erdwerke zustande zu bringen? Auf Schills Zureden und die Versicherung, sich für meine künftige Entschädigung eifrigst zu verwenden, entschloß ich mich, meine paar Pfennige vorzustrecken, die ich im Kasten hatte.

Demzufolge holte ich in der Gelder-Vorstadt und in den umliegenden Dörfern soviel Tagelöhner und Häusler zusammen, wie ich bekommen konnte. Ich versprach und zahlte guten Lohn und verwandte auf diese Weise gegen vierhundert Taler aus meiner Tasche. Tag und Nacht schanzten und arbeiteten wenigstens sechzig Menschen eine geraume Zeit hindurch an diesen Befestigungen nach dem von Schill entworfenen Plan. Weder der Kommandant noch sonst jemand fragte und kümmerte sich, was wir da schafften. So blieb es auch meinem Freund überlassen, diese Schanzen mit seinen Leuten zu besetzen. Allein, um sie dort zu halten, mußte auch für Löhnung und Mundvorrat gesorgt werden. Vorerst fiel diese Sorge mir anheim, solange mein Beutel vorhielt und meine Küche und mein Branntweinlager es vermochten.

Inzwischen war auch Kriegsrat Wisseling mit sehr ausgedehnten Vollmachten vom König wieder zurückgekehrt. Sein Eifer brachte sofort ein neues, wunderbares Leben. Ganze Herden Schlachtvieh, lange Reihen von Getreidewagen zogen zu unsern Toren ein. Heu und Stroh füllte in reichem Überflusse die Futtermagazine. Für diese erzwungenen Lieferungen erhielt der Landmann nach dem Taxwert Lieferungsscheine, die künftig eingelöst werden sollten und mit denen er zufrieden war. In der Stadt wurde geschlachtet und eingesalzen und die Böden der Bürgerhäuser mit Kornvorräten gefüllt. So konnte Kolberg allgemach für notdürftig verproviantiert gelten.

Neuen Trost gab das Eintreffen des Hauptmanns von Waldenfels. Ein junger, tätiger Mann, der vom König geschickt worden war, um als Vizekommandant Loucadou zur Seite zu stehen. Wenn er auch mit dem alten grämlichen Mann manchen Kampf zu bestehen hatte, so mußte er doch auch eben so oft sich seinen Launen fügen. Wir hatten also an ihm noch immer nicht den Mann, den wir brauchten.

Auch Schill, der seit dem Januar vom König zur Organisierung eines Freikorps autorisiert worden war und von allen Seiten gewaltigen Zulauf fand, war ein von Loucadou sehr ungern gesehener Gast, dem er, wo er nur konnte, Hindernisse in den Weg legte. Nun ließ sich der wackre Schill bei all seiner natürlichen Bescheidenheit nicht so leicht unterjochen. Zudem stand sein Ruhm einmal fest; und selbst als ihm sein Überfall auf Stargard mißlang, konnte er sich mit unverletzter Ehre gegen Kolberg zurückziehen.

Bis zum 13. März hatte der Feind seine Umzingelung vollendet. Dennoch war die Einschließung nicht so dicht, daß nicht immer noch Nachrichten durch flüchtende Landsleute zu uns gedrungen wären, die stärkere Zusammenziehung der französischen Truppen ankündigten. Überhaupt blieb uns auf dem Wege längs dem Strand fast die ganze Zeit der Belagerung hindurch noch manche Verbindung mit der Nachbarschaft erhalten, und auch zu Wasser ließ sich jeder beliebige Punkt der Küste heimlich erreichen.

Unsere Belagerer hatten nun auch die Anhöhen der Altstadt besetzt und waren uns dadurch in bedenkliche Nähe gerückt. Es wurde daher hohe Zeit, die Wiesen unter Wasser zu setzen, sodaß an kein Durchkommen zu denken war. Um einen haltbaren Damm zu bekommen, hatte ich mehrere hundert leere Glaskisten mit Erde füllen und neben- und aufeinander versenken lassen. Andere Dämme waren ausgebessert und die Schleusen und Wasserläufe in Ordnung gebracht worden.

Bis zum 19. März waren die Belagerer vornehmlich damit beschäftigt, ihre Lager einzurichten, sich in der Altstadt festzusetzen und eine Verbindungsbrücke über die Persante zu schlagen. Danach rückten sie vor. Das Dorf Sellnow ging verloren, und damit war der Feind Herr des Gradierwerks und der Saline. Die Schanze auf dem Strickerberge, die heftig angegriffen wurde, verteidigten die Grenadiere mit Entschlossenheit bis gegen Abend. Dann mußten sie durch eine Abteilung Freiwillige des Schillschen Korps abgelöst werden. Diese behaupteten sich noch achtundvierzig Stunden.

Scharmützel und Plänkeleien zwischen den Vorposten, kleine Ausfälle und Überrumpelungen waren mit wechselndem Glück an der Tagesordnung und kosteten uns immer einige brave Leute. Ihr Verlust wäre uns noch fühlbarer geworden, wenn wir unsre Reihen nicht hätten ergänzen können. Aber, nun die See wieder fahrbar geworden war, strömten uns von Zeit zu Zeit auf einem dänischen Schiffe und auch auf mehreren Rügenwalder Booten kampflustige ehemalige Kriegsgefangene zu Hunderten zu. Doch auch der Feind verstärkte seine Reihen von Tag zu Tag. Sein Wurfgeschütz richtete hier und da Verheerungen an; besonders machten uns seine so nahe gelegenen Batterien auf der Altstadt viel zu schaffen.

Seit dem letzten mißlungenen Angriff auf die Maikuhle geschahen nur hier und da einige Vorstöße auf unsre Vorpostenkette, um unsre Aufmerksamkeit zu beschäftigen. Dagegen wagte sich der Feind in diesen Tagen an ein Unternehmen, das kühn und groß genug angelegt war, um uns, bei geglückter Ausführung, mit all unseren bisherigen Verteidigungswerken im eigentlichsten Wortverstande aufs Trockene zu setzen. Die Franzosen wollten nämlich der Persante ein anderes Bette graben und sie in den Campschen See ableiten. Das Werk wurde groß und kräftig angefangen; aber bald stieß man auf Schwierigkeiten, die man nicht erwartete hatte. Darum ward auch die Sache wieder aufgegeben. Wir sahen uns von einer Sorge befreit, ehe sie uns noch hatte beunruhigen können.

Empfindlichen Schaden verursachten uns die feindlichen Wurfbatterien auf der Altstadt. Sie zerstörten nicht nur einen Teil unsrer Häuser, sondern nahmen auch manches Menschen Leben und Gesundheit. Und dies schlug den Mut der Menge merklich nieder. Die Geringschätzung unseres unfähigen Kommandanten ging allmählich in wirklichen Haß und Feindseligkeit gegen ihn über.

Desto sehnsüchtiger waren meine Blicke und Hoffnungen auf Memel gerichtet. In meiner Seele lebte ein unüberwindliches Vertrauen, daß mein Klagegeschrei das Ohr unseres Monarchen erreicht haben werde.

Nun rückten auch unsere langgenährten Wünsche ihrer Erfüllung immer näher. Am 26. April führten zwei Schiffe das zweite Pommersche Reserve-Bataillon, siebenhundert Köpfe stark, aus Memel unserer seither auf allerlei Weise verringerten Besatzung als Verstärkung zu. Am nächsten Tage kam auch von Schwedisch-Pommern ein Schiff mit einer guten Anzahl ehemaliger Kriegsgefangener. Diese Ermunterungen brauchten wir auch mehr als jemals, da kurz zuvor das längst erwartete schwere Belagerungsgeschütz im feindlichen Lager eingetroffen war. Jetzt erst drohte der Kampf um Kolberg seinen vollen Ernst zu gewinnen.

Ich eilte, um den Vizekommandanten aufzusuchen und ihm meine Besorgnisse ans Herz zu legen. Bereits auf der Brücke des Münder-Tores begegnete ich ihm. Neben ihm ging ein Mann, den ich nicht kannte und der mit dem Schiff gekommen zu sein schien. Da mein Anliegen an den Vizekommandanten eilig war, zog ich ihn etwas abseits. Waldenfels aber lächelte und sagte: »Kommen Sie nur; in meinem Quartier wird ein bequemerer Ort dazu sein.«

Als wir dort angekommen waren, wandte sich der Hauptmann mit den Worten zu mir: »Freuen Sie sich, alter Freund! Dieser Herr – Major von Gneisenau – ist der neue Kommandant, den uns der König geschickt hat« ; und zu seinem Gast: »Dies ist der alte Nettelbeck!« – Ein freudiges Erschrecken fuhr mir durch die Glieder; die Tränen stürzten mir unaufhaltsam aus den alten Augen. Ich fiel vor unserem neuen Schutzgeist in Rührung nieder und rief: »Ich bitte Sie um Gottes willen: Verlassen Sie uns nicht! Wir wollen Sie auch nicht verlassen, sollten auch all unsere Häuser zu Schutthaufen werden. In uns allen lebt nur ein Sinn und Gedanke: Die Stadt darf dem Feinde nicht übergeben werden!«

Der Kommandant hob mich freundlich auf und tröstete mich: »Nein, ich werde euch nicht verlassen. Gott wird uns helfen!« – Und nun wurden sofort einige wesentliche Angelegenheiten besprochen, wobei sich der helle, umfassende Blick unseres neuen Befehlshabers zeigte. Dann wandte er sich zu mir und sagte: »Noch kennt mich hier niemand. Sie gehen mit mir auf die Wälle, daß ich mich etwas orientiere.«

Gleich am nächsten Tage stellte sich der neue Kommandant der Garnison als ihr jetziger Anführer vor. Diese Feierlichkeit begleitete er mit einer Ansprache, die so eindrucksvoll und rührend war, wie wenn ein guter Vater mit seinen Kindern spräche. Danach machte er sie mit den Grundsätzen bekannt, nach welchen er sie befehligen werde.

Loucadou blieb noch die ganze Zeit der Belagerung hindurch in Kolberg, doch ohne sich öffentlich zu zeigen. Spötter meinten, er habe diese Zeit benutzt, um ruhig auszuschlafen.

Der Feind hatte in bewundernswürdiger Tätigkeit am Ende des Maimonats an der Ost- wie an der Westseite der Festung – dort bis hart an den Strand, um sich gegen die Angriffe von der Seeseite besser zu schützen; hier bis über Sellnow hinaus in einem großen Halbmonde nicht weniger als fünfundzwanzig große und kleine Schanzen und Batterien angelegt und miteinander verbunden. An mehr als einem Punkt hatte er Dämme aufzuschütten begonnen und Laufgräben an verschiedenen Orten gegraben.

Unsererseits bot man die größte Wachsamkeit auf, unseren Gegnern jeden kleinen Vorteil, um den sie rangen, aufs hartnäckigste streitig zu machen. Die Überschwemmungen wurden nach und nach im weitesten Umfange durchgeführt. Sie dienten trefflich dazu, uns den Feind in einer ehrerbietigen Entfernung zu halten und das Fortführen seiner Laufgräben zu verhindern. Fragte mich der Kommandant: »Wie stehts, Nettelbeck, können wir nicht noch einen Fuß höher stauen?« – So fehlte es nicht an einem bereitwilligen: »Ei nun, wir wollen sehen!« – Und ich sorgte und künstelte so lange, bis ich den Wasserstand noch um so viel höher brachte.

Die fast tägliche und oft ziemlich lebhafte Beschießung der Stadt war zwar noch kein eigentliches Bombardement. Trotzdem wurden viele Häuser zerstört, und immer häufiger flammten Brände auf, verunglückten Menschen oder wurden entsetzlich verstümmelt. Man war weder in den Häusern noch auf den Gassen ganz sicher. Je mehr Gebäude durch Bomben und Granaten unwohnlich gemacht worden waren, um so höher stieg auch die Zahl der Unglücklichen, denen es an Obdach wie an Mitteln zum Unterhalt fehlte.

Diese Bedauernswerten irrten nun in den Straßen umher, während die feindlichen Kugeln über ihren Köpfen schwirrten.

Eine große Not war der Mangel an klingender Scheidemünze, wodurch der Handel sehr erschwert und die regelmäßige Zahlung der Löhnungen beinahe unmöglich gemacht wurde. Das Gouvernement hatte die Bürger vergeblich zu einer baren Anleihe aufgefordert, wozu zwar die Armen willig ihr Scherflein darbrachten, während die großen Kapitalisten dermalen nicht zu Hause waren. Nun dachte man daran, dem Mangel durch eine eigne Not- und Belagerungsmünze abzuhelfen. Dazu sollte das Metall einer zersprungenen großen Kanone verwandt werden. Allein es verstand sich niemand in der Stadt aufs Prägen, und es war auch nicht die geringste Vorrichtung dazu vorhanden. Da erinnerte ich mich, vormals im holländischen Amerika eine Art von Papiergeld gesehen zu haben, das zur Erleichterung des kleinen Zahlungsverkehrs unter den Pflanzern diente. Ich empfahl, ähnliche obrigkeitlich gestempelte Münzzettel zu einem bestimmten Werte einzuführen. Der Vorschlag wurde angenommen und durch eine aus Seglerhaus-Verwandten und Bürgerrepräsentanten zusammengesetzte Kommission wirklich ausgeführt. Die Billetts, von zwei, vier und acht Groschen im Werte, waren auf der Rückseite durch den Stempel des königlichen Gouvernements autorisiert und fanden willigen Eingang. Sie sind in der Folge eingelöst worden, aber viele wurden als Denkzeichen der überstandenen Drangsale einbehalten oder, selbst über ihren Nennwert, als Seltenheit an Fremde verkauft.

Am 10. Juni brach das bereits gefürchtete Ungewitter gegen die Wolfsschanze los. In der Zeit von einer Stunde zählte man dreihunderteinundsechzig Schüsse. Dann aber begannen auch alle übrigen Batterien der Reihe nach bis zur Altstadt hinauf ein mörderisches Kanonen- und Bombenfeuer, überall regnete es Kugeln und Granaten, Schaden und Unglück waren beträchtlich. Dreimal am Vormittag und einmal nachmittags brannte es bei uns lichterloh. Das Feuer wurde jedoch immer bald wieder unterdrückt. Bei diesem Vorgehen des Feindes wurden denn auch neue Vorsichtsmaßnahmen nötig. So erging durch Trommelschlag der Befehl an die Hausbesitzer, vor den Türen und auf den Böden gefüllte Wasserfässer zum Löschen bereit zu halten.

Wiewohl wir unaufhörlich mit Kanonenkugeln in die feindlichen Kolonnen schossen, mußte die Besatzung der Wolfsschanze ihrer eigenen Tapferkeit und dem freilich nicht zureichenden Schutze der schwedischen Fregatte überlassen bleiben. Bis um fünf Uhr nachmittags hielt sie sich mit rühmlicher Entschlossenheit; dann aber waren ihre Verteidigungsmittel erschöpft. Mit harter Betrübnis sahen wir sie die weiße Fahne aufstecken, nachdem bereits eine starke Bresche geschossen und der Ausgang eines Sturmes nicht mehr zweifelhaft war. Ein fünfzehnstündiger Waffenstillstand ward abgeschlossen. Das Werk sollte dem Feinde eingeräumt werden, die preußische Besatzung aber samt ihrem Geschütz freien Abzug in die Festung erhalten.

Leider offenbarte sich besonders bei den gegenwärtigen verdoppelten Anstrengungen die Mangelhaftigkeit unsrer ganzen Festungsartillerie. Ein Transport neuen und guten Geschützes aus dem Berliner Zeughaus war für Kolberg bestimmt gewesen und im vorigen Sommer auch wirklich nach Stettin gelangt. Bevor aber die Verfrachtung ausgemacht und die Genehmigung des Kriegskollegiums erlangt werden konnte, verstrich Monat auf Monat, bis sich endlich die Franzosen Stettins und des uns zugedachten Geschützes bemächtigten. So geschah es, daß wir nunmehr zum Teil mit unsern eignen Kanonen und unsrer eignen Munition beschossen wurden.

Was wir an Kanonen und Mörsern besaßen, war reiner Ausschuß. Zudem war das Eisen von einer so spröden Gußmasse, daß gewöhnlich nach neun oder zehn schnellen Schüssen das Springen des

Stückes befürchtet werden mußte. Wirklich traf nur zu viele dies Schicksal. Zugleich kostete es einer größeren Menge Artilleristen das Leben, als durch feindliche Kugeln hingerafft wurden.

Wir waren daher freudig überrascht, als am 14. Juni ein englisches Schiff in den Hafen lief, welches uns eine Anzahl neue Geschütze samt dazugehöriger Munition zuführte. Es waren fünfundvierzig Kanonen und Haubitzen, zwar eiserne, aber vom schönsten Gusse. Auch an Kugeln und Granaten war eine ansehnliche Menge mitgeschickt worden.

In der Nacht auf den 15. Juni toste der Sturm und es regnete aufs heftigste. Es war finsterer, als es in dieser Jahreszeit bei uns zu sein pflegt. All dies begünstigte ein gewagt erscheinendes Unternehmen, an welches sich dennoch große Hoffnungen knüpften. Es galt einen Ausfall, der uns die Wolfsschanze zurückgeben sollte. Das Grenadier-Bataillon von Waldenfels, welches sie sich hatte nehmen lassen, wollte sie auch wiedergewinnen. Ich folgte der Truppe mit ein paar Wagen, um für die zu erwartenden zahlreichen Verwundeten zu sorgen.

In tiefster Stille zogen wir aus und hatten das Glück, uns dem feindlichen Graben fast unbemerkt zu nähern. Jetzt aber ward plötzlich Lärm. Das Feuern begann von beiden Seiten. Überall kam es zum Handgemenge, und überall floß Blut. Unsre Leute stürmten begeistert, ihnen voran ihr edler Führer. Er war im raschen Lauf der erste auf der Höhe der feindlichen Brustwehr. Plötzlich trifft ihn eine Flintenkugel, die ihn entseelt zu Boden streckt. Allein des Führers Fall steigert die Tapferkeit der Seinen bis zur Erbitterung. Sie dringen unwiederstehlich nach, und die Schanze ist erobert. Ein Obrist, mehrere andre Offiziere und zwischen zwei- und dreihundert Franzosen werden zu Gefangenen gemacht.

Ein noch empfindlicherer Verlust aber traf das Belagerungsheer, dem bei diesem Kampfe sein Anführer, der Divisionsgeneral Teullié, getötet wurde. Wir aber hatten den Tod unseres ebenso wohldenkenden als heldenmütigen Vizekommandanten zu verschmerzen, der mit seinem edlen Vorgesetzten stets ein Herz und eine Seele gewesen war.

Erobert war die Schanze allerdings. Sie konnte aber nur wenige Augenblicke behauptet werden. Eine neue feindliche Kolonne rückte unverzüglich heran. Sie war entschlossen, den Tod ihres Heerführers zu rächen und des verlorenen Postens um jeden Preis wieder Herr zu werden. Das Gefecht begann wiederum und ward bei der überlegenen Zahl der Angreifenden bald so ungleich, daß keine andere Wahl blieb, als uns fechtend in die Stadt zurückzuziehen. Vorher und jetzt hatten wir mehr als zwanzig Tote und Verwundete gehabt. Nur mit harter Mühe war mir's gelungen, die Verwundeten wegzuschleppen.

In der dritten Morgenstunde des 1. Juli eröffnete der Feind aus all seinen zahlreichen Batterien ein Feuer gegen die Stadt, so ununterbrochen, so mörderisch und zerstörend, wie wir es noch nimmer erlebt hatten. Die Erde dröhnte davon; es war als ob die Welt vergehen sollte. Sichtbarlich legten es unsre Gegner darauf an, uns durch ihr Bombardement dergestalt zu ängstigen, daß wir die weiße Fahne zur Ergebung aufstecken müßten.

Ich befand mich in dieser entsetzlichen Nacht neben unserm Kommandanten auf der Bastion Preußen. Von diesem höchsten Punkte auf unsern Wällen konnten wir beinahe alle feindlichen Schanzen und auch die Stadt übersehen. Höllenmäßig wütete das Aufblitzen und Donnern des Geschützes. In der Luft schwärmte es lichterloh von Granaten und Bomben. Wir sahen es hier und da und überall in lichtem Bogen in die Stadt hineinfliegen; hörten ihr Krachen sowie das Einstürzen der Giebel und Häuser; vernahmen den wüsten Lärm, der drinnen wogte und toste; sahen bald hier, bald da Flammen emporlodern. Es war so hell, als ob tausend Fackeln brannten.

In der Stadt gab es bald nirgends ein Plätzchen mehr, wo sich die zagende Menge vor dem drohenden Verderben hätte bergen können. Überall zerschmetterte Gewölbe, einstürzende Böden, krachende Wände und aufwirbelnde Dampf- und Feuersäulen. Überall die Gassen wimmelnd von ratlos umherirrenden Flüchtlingen, die ihr Eigentum preisgegeben hatten und sich unter dem Gezisch der feindlichen Feuerbälle von Tod und Verstümmelung verfolgt sahen. Geschrei von Wehklagenden, Geschrei von Säuglingen und Kindern, Geschrei von Verirrten, die ihre Angehörigen in dem Gedränge und der allgemeinen Verwirrung verloren hatten; Geschrei der

Menschen, die mit dem Löschen der Flammen beschäftigt waren, Lärm der Trommeln, Geklirr der Waffen, Rasseln der Fuhrwerke.

Was war aber jede eigne Not gegen die niederschlagende Nachricht, daß um vier Uhr morgens die Maikuhle verloren gegangen war! Mitten im heftigsten Bombardement war dieser Posten von der äußersten westlichen Spitze sowie von der Seeseite her überfallen worden. Die Schillschen Truppen unter dem dortigen interimistischen Befehlshaber Leutnant von Gruben waren zum übereilten Rückzug auf das rechte Stromufer gezwungen worden. Sie hatten kaum noch soviel Zeit gehabt, die Verbindungsbrücke hinter sich abzubrechen.

Mit dem Verlust der Maikuhle war unsrer Verteidigung die wichtigste Waffe aus der Hand geschlagen worden. Denn nun reichte auch das Münderfort zur Beschützung des Hafens nicht mehr aus. Dies offenbarte sich auf der Stelle. Das englische Schiff, das ich kaum zwei Tage zuvor mit Mühe in den Hafen geführt und das seine Ladung an Munition erst zur Hälfte gelöscht hatte, kappte beim Vordringen der Franzosen die Ankertaue, um wieder die offne See zu gewinnen. Es gelang ihm nur mit knapper Not und unter einem dichten feindlichen Kugelregen. Wir waren jetzt vom Meere und aller von dort zu erwartenden Hilfe abgeschnitten. Wir hatten nur noch unsre eigenen Kräfte und Hilfsquellen, die sich von Stunde zu Stunde immer mehr erschöpften.

Mit wenig verminderter Stärke hielt das Bombardement den ganzen 1. Juli an. Von Schrecken umgeben und auf noch Schrecklicheres gefaßt, sahen wir der nächsten Nacht entgegen. Das feindliche Geschütz vereinigte sich zu neuen, noch höheren Anstrengungen. Das Geprassel einstürzender Häuser, fallender Ziegel und klirrender Fensterscheiben übertönte fast den Donner des Feuers. Alle jammervollen Szenen der vorigen Nacht erneuerten sich in noch weiterem Umfange. Bei vielen zeigte sich aber auch eine Gleichgültigkeit, die nichts mehr zu Herzen nahm. Anstrengung, Schlaflosigkeit, immerwährende Anspannung des Gemüts und Sorge für Weib und Kind und Eigentum hatten die meisten so sehr erschöpft, daß sie sich selbst in den Trümmern ihrer Wohnungen noch ein Plätzchen suchten, um den bis in den Tod ermatteten Gliedern einige Ruhe zu gönnen.

Der Morgen des 2. Juli brach an. Das feindliche Bombardement schien wieder neue Kräfte zu gewinnen. Mut und besonnene Fassung waren mehr als jemals vonnöten. Aber nur wenigen war es gegeben, sie in diesem entscheidenden Zeitpunkt zu behaupten. Noch wenigere erhielten die Hoffnung auf einen glücklichen Ausgang in sich lebendig. Aber alle ohne Ausnahme ergaben sich willig in das unvermeidliche Schicksal. Sie hatten es in Gneisenaus Hand gelegt.

Höher aber und höher stiegen Gefahr und Not von Stunde zu Stunde. Niemand wußte mehr, ob es dringender sei, dem Feinde zu wehren oder die Flammen zu löschen, oder das eigne Leben vor den sausenden Feuerbällen zu wahren.

Es war drei Uhr nachmittags. Da, plötzlich, schwieg das feindliche Geschütz auf allen Batterien. Auf das Krachen eines Donners wie am Tage des Weltgerichts folgte eine lange, öde Stille. Jeder Atem bei uns stockte.

Da nahte ein feindlicher Parlamentär. Neben ihm schritt ein Mann, den man unter Zweifel und Verwunderung als einen preußischen Offizier erkannte. Einige versicherten, es sei ihr Freund, der Leutnant von Holleben, der erst vor einigen Wochen mit einer Abteilung Kriegsgefangener über See nach Memel gegangen war. Das schien unmöglich, und doch war es so! Als er sich fast atemlos in den Kreis seiner Bekannten stürzte, rief er aus: »Friede! Kolberg ist gerettet!«

Er war unmittelbar aus dem Hauptquartier des Königs zu Pilkupönen bei Tilsit als Kurier gekommen und überbrachte die offizielle Nachricht von einem mit Napoleon abgeschlossenen vierwöchigen Waffenstillstand, welchem unverzüglich der Friede folgen sollte.

Alsogleich ward die fröhliche Kunde den Bürgern der Stadt unter Trommelschlag bekanntgemacht. Welche Feder vermag wohl den Jubel zu schildern, der alle Gemüter ergriff Man muß selbst in der Lage gewesen sein, sich und die Seinigen gänzlich aufgegeben zu haben, um dies neue, kaum glaubhafte Gefühl von Ruhe und Sicherheit nachzuempfinden.

Nächst Gott dankten wir es unserm edlen Gneisenau, daß wir uns dieser Stunde und eines so ehrenvollen Triumphes erfreuten. Die Belagerung war beendet. Eine völlige Waffenruhe trat ein, und schier alle Bilder des Krieges verschwanden.

Ein wenig zur Ruhe gekommen, richtete ich auch den Blick auf meine eigne Lage und mußte mir gestehen, daß die Zeit der Belagerung mich zu einem armen Manne gemacht hatte. Mein bares Vermögen war gänzlich draufgegangen; teils an Arbeiter, die ich aus meiner Tasche bezahlt, teils durch Spenden an unser braves Militär, das jede Art Erquickung so wohl verdient hatte. Mir war es das süßeste Geschäft, wenn ich den Leuten bei ihrem harten Dienst dann und wann einen warmen Bissen auf die Wälle bringen und ihnen Trost und guten Mut zusprechen konnte.

Meine Freunde haben mir so oft vorgeworfen, daß mich mein guter Wille zu weit führe und zum Verschwender mache. Aber immer antwortete ich ihnen: »Ich bin ein alter Mann ohne Kind und Kegel. Wem sollte ich es sparen?«

Mein Haus hatte durch das Bombardement in allen seinen Teilen gelitten, meine Scheune vor dem Tore war niedergebrannt, mein Gartenhäuschen abgebrochen worden und mein Garten verwüstet. Von den Vorräten meines Gewerbes war nichts mehr übrig. Doch meine Mitbürger hatte all dies Unglück ja auch getroffen.

Mir ward indes in diesen nämlichen Tagen von des gnädigen Monarchen Hand eine Auszeichnung zuteil, die ich nicht erwartet und vor andern, die mit mir ihre Pflicht getan, nicht verdient zu haben glaubte. Ich erhielt nämlich folgendes Königliche Kabinettsschreiben: »An den Vorsteher der Bürgerschaft zu Kolberg, Nettelbeck. Seine Königliche Majestät von Preußen haben aus dem Bericht des Oberstleutnants v. Gneisenau, worin er Höchstdenselben diejenigen Personen anzeigt, welche sich während der Belagerung der Festung Kolberg ausgezeichnet haben, mit besonderem Wohlgefallen ersehen, daß der Vorsteher der Bürgerschaft, Nettelbeck, die ganze Belagerung hindurch mit rühmlichem Eifer und rastloser Tätigkeit zur Abwehr des Feindes und zur Erhaltung der Stadt mitgewirkt hat. Seine Majestät wollen daher dem Nettelbeck für den solchergestalt zu Tage gelegten löblichen Patriotismus hierdurch Dero Erkenntlichkeit bezeigen und ihm, als ein öffentliches Merkmal der Anerkennung seiner sich um das Beste der Stadt erworbenen Verdienste, die hierneben erfolgende goldene Verdienstmedaille verleihen. Memel, den 31. Juli 1807. Friedrich Wilhelm.«

Um die nämliche Zeit ward mir durch des Königs Gnade eine Auszeichnung zuteil, die ich auf keine Weise hatte erwarten können. Es war Sr. Majestät – ich weiß selbst nicht wie – zur Kenntnis gekommen, daß ich vor langen Jahren in wirklichem königlichen Seedienst gestanden hatte. Demzufolge ward mir jetzt die förmliche Erlaubnis erteilt, die königliche Seeuniform zu tragen. Warum sollte ich leugnen, daß gerade diese Vergünstigung einen tiefen und rührenden Eindruck auf den alten Seemann in mir machte, dessen Patriotismus sich immer und unter allen Himmelsgegenden mit einigem Stolz zur preußischen Farbe bekannt hatte?

Gleich nach der Belagerung hatte sich der edle Gneisenau erboten, mir eine königliche Pension zu erwirken. Er wußte um die mancherlei Einbußen, denen ich während der Belagerung ausgesetzt gewesen war. Ich bat ihn, von diesem Gedanken abzustehen, denn damals waren meine Umstände noch immer leidlich, und ich hatte niemand zu versorgen. Gegenwärtig aber, wo meiner Lebenslast noch zehn Jahre zugewachsen waren, standen meine Sachen um vieles anders. Ich war daher dankbar gerührt, als die Huld meines guten und gnädigen Königs mir ein jährliches Gnadengehalt von zweihundert Talern aussetzte. Solchergestalt hatte ich nach menschlichem Ermessen nunmehr mit Welt und Leben so ziemlich abgeschlossen.

In dem, das ich noch nennen will, sorge und bekümmere ich mich als Mensch für die Ehre und den Vorteil der Menschheit. Wann will und wird bei uns der ernstliche Wille erwachen, den afrikanischen Raubstaaten ihr schändliches Gewerbe zu legen, damit dem friedsamen Schiffer, der die südeuropäischen Meere unter Angst und Schrecken befährt, keine Sklavenfesseln mehr drohen?

Wenn ich das noch heute oder morgen verkündigen höre: dann will ich mit Freuden mein lebenssattes Haupt zur Ruhe niederlegen!

## Über tredition

### Eigenes Buch veröffentlichen

tredition wurde 2006 in Hamburg gegründet und hat seither mehrere tausend Buchtitel veröffentlicht. Autoren veröffentlichen in wenigen leichten Schritten gedruckte Bücher, e-Books und audio-Books. tredition hat das Ziel, die beste und fairste Veröffentlichungsmöglichkeit für Autoren zu bieten.

tredition wurde mit der Erkenntnis gegründet, dass nur etwa jedes 200. bei Verlagen eingereichte Manuskript veröffentlicht wird. Dabei hat jedes Buch seinen Markt, also seine Leser. tredition sorgt dafür, dass für jedes Buch die Leserschaft auch erreicht wird.

Im einzigartigen Literatur-Netzwerk von tredition bieten zahlreiche Literatur-Partner (das sind Lektoren, Übersetzer, Hörbuchsprecher und Illustratoren) ihre Dienstleistung an, um Manuskripte zu verbessern oder die Vielfalt zu erhöhen. Autoren vereinbaren direkt mit den Literatur-Partnern die Konditionen ihrer Zusammenarbeit und partizipieren gemeinsam am Erfolg des Buches.

Das gesamte Verlagsprogramm von tredition ist bei allen stationären Buchhandlungen und Online-Buchhändlern wie z. B. Amazon erhältlich. e-Books stehen bei den führenden Online-Portalen (z. B. iBookstore von Apple oder Kindle von Amazon) zum Verkauf.

Einfach leicht ein Buch veröffentlichen: **www.tredition.de**